우리 엄마,
김주신씨

우리 엄마, 김주신 씨

발행일	2019년 11월 19일			
지은이	권혁신			
펴낸이	손형국			
펴낸곳	(주)북랩			
편집인	선일영	편집	오경진, 강대건, 최예은, 최승헌, 김경무
디자인	이현수, 김민하, 한수희, 김윤주, 허지혜	제작	박기성, 황동현, 구성우, 장홍석
마케팅	김회란, 박진관, 조하라, 장은별			
출판등록	2004. 12. 1(제2012-000051호)			
주소	서울특별시 금천구 가산디지털 1로 168, 우림라이온스밸리 B동 B113~114호, C동 B101호			
홈페이지	www.book.co.kr			
전화번호	(02)2026-5777	팩스	(02)2026-5747	

ISBN   979-11-6299-960-8 03810 (종이책)   979-11-6299-961-5 05810 (전자책)

이 도서의 국립중앙도서관 출판예정도서목록(CIP)은 서지정보유통지원시스템 홈페이지(http://seoji.nl.go.kr)와
국가자료공동목록시스템(http://www.nl.go.kr/kolisnet)에서 이용하실 수 있습니다.

우리 엄마, 김주신 씨

권혁신 지음

북랩 book Lab

목차

2장. 우리 엄마는…

여는 글

2019년 10월 2일 오전 1시 38분.

가톨릭대학교 은평성모병원 10층 206호, 평생 가실 일 없을 거 같던 1인 병실에서 어머니의 심장이 멈춰버렸다.

전날부터 심상치 않은 모습을 보이던 어머니의 혈중 산소 포화도와 맥박수가 점점 떨어지더니 자정을 넘어 1시경부터는 급속도로 떨어졌다.

그날 아침 회사 근처로 독립했던 나는 상황이 심상치 않다는 연락을 받고 반차에 조퇴를 하고 병원으로 달려갔다.

그날 밤 저녁 식사 후 11시까지 우리 사 남매와 조카 예은이는 엄마에게 여러 가지 약속과 고백을 하며 생의 의지를 북돋아 드리려 했고, 그때마다 일시적으로 어머니의 혈중 산소 포화도가 올라가기도 했지만, 점점 떨어지는 추세는 막을 수 없었다.

결국 누나들도 하나둘씩 옆에 있는 보호자용 침상 위에서 잠을

청하고, 나는 조카 예은이가 귓속말을 계속 속삭이는 모습을 지켜
보고 있었다.

어머니는 산소 호흡기를 통해 계속 가쁜 숨을 몰아쉬고 계셨다.

그리고 1시를 넘어 마침내 지친 나도 그전까지 간호를 오면 엄마
와 함께 나가서 잠을 이루던 창가 의자에 누워 막 잠에 빠지려던 찰
나 셋째 누나의 다급한 비명이 들렸고 황급히 돌아오니 두 수치가
급속도로 떨어졌다.

당번 간호사를 호출하여 제세동기를 가져와 작동해 봤으나 소용
없었고, 이후 피곤에 찐, 젊은 당번 의사가 와서 심장 박동 기록을
보더니 엄마의 사망을 선언했다.

설마 하던 일이 벌어지자 우리는 망연자실하여 "엄마!"를 외칠 수
밖에 없었다.

간호사들이 마지막 뒤처리를 할 동안 울면서 휴게실에서 앞으로 어떻게 해야 할지 몰라 막막해했다.

2002년 9월 28일, 아버지께서 갑작스러운 사고로 돌아가신 후 딱 17년이 지난 2019년 10월 2일, 어머니께서 담낭암으로 돌아가셨다.

고통, 슬픔과 외로움, 걱정으로 가득 찬 삶이었지만, 오로지 자식만을 위한 삶이었고, 돌아가시는 그날까지도 어머니는 자신이 아닌 주변 사람들을 걱정하셨다.

사실 돌아가시기 전날, 은평성모병원 담당의가 호스피스 병동으로 가거나 다른 병원을 알아보라고 했다. 하지만 대기자가 밀린 은평성모병원 호스피스 병동엔 못 가고, 내가 그나마 가까운 동국대학교 일산병원 호스피스에 가서 입원 허가를 받아 다음 날 오후 2시에 호송하기로 했는데, 자식들뿐만 아니라 주변 사람들 안 힘들게 하시려고 그전에 돌아가신 게 아닐까 싶을 정도로 절묘한 시점이었다. 그리고 어머니가 10월 넘어 돌아가시는 덕분에 우리는 한 달치 유족 연금을 받기도 했다.

  돌아가시기 전부터 계속 든 생각은 진작 종합병원에 모시고 가 암 진단을 받고 치료를 했으면 더 오래 사시지 않았을까였지만, 담낭암 이라는 병의 특성상 자각 증상이 나타났을 때는 이미 말기라고 하 니 항암 치료 등으로 더 힘들게 사시다가 더 빨리 가셨을 수도 있을 거란 생각도 든다. 무엇보다도 평생 어머니를 괴롭히던 지긋지긋한 허리 통증, 그것 때문에 어머니는 몇 차례나 수술과 시술을 받았는 데도 좋아지기는커녕 점점 더 나빠졌고, 돌아가실 즈음엔 조금만 움직여도 허리가 깜짝깜짝 놀라는 증상 때문에 자리에서 일어나거 나 짧은 거리를 걸을 엄두도 못 내실 정도여서 만에 하나 항암에 성 공했다고 해도 남은 생이 행복하셨을까 하는 회의감이 들기는 한다.

물론 그렇다고 해서 내가 어머니께 아무것도 해드리지 못한 것, 또 가끔 어머니의 잔소리나 지적에 큰 소리로 반발했던 나의 불효가 희석되는 것은 아니다. 이렇게 일찍 가실 줄 알았더라면 좀 더 열심히 살고, 좀 더 잘 대해 드리고, 일을 잘해 성공해서 어머니께 많은 돈을 벌어다 드리고, 일찍 결혼해서 손자, 손녀도 안겨 드리고, 해외여행도 잔뜩 보내 드리고, 평소에 드시고 싶던 음식도 실컷 사 드리고, 허리에도 훨씬 좋은 방법을 알아봤을 텐데⋯. 이제야 막 한 사람 이상의 몫을 하여 어머니께 효도하려는 찰나에 이렇게 기다리지도 않고 가시니, "나무가 고요하고자 하나 바람이 그치지 않고, 자식이 봉양하고자 하나 부모는 기다려주지 않는다(樹欲靜而風不止 子欲養而親不待)."라는 어린 시절 배운 시구가 하나도 틀리지 않는다는 걸 깨달아 한스럽고 속상해서 미칠 지경이다.

아무리 그래도 이대로 어머니를 그냥 보내드릴 순 없다.

어떻게든 어머니를 잊지 않을 무언가를 해야겠다고 생각했다.

그러다 나는 결심했다. 그동안 내가 해 왔던, 그나마 제일 잘하는 일로 어머니에 대한 기록을 남기기로. 평소 어머니는 내게 "좋은 대학 나온 네가 왜 첫 직장으로 출판사를 가서 돈도 못 벌고 고생하냐?"라고 말씀하시곤 했다. 사실 나도 사회생활을 왜 출판사로 시작해서 장가도 못 가고 돈도 못 벌까 많이 후회했다. 하지만 이제는 출판과 편집기획, 그리고 글쓰기에 어느 정도 확신이 생겼고 좋은 기회도 얻었다. 그러나 아쉽게도 세상의 내 이름을 알릴 기회가 왔을 때 어머니는 더 이상 안 계신다.

이 책은 그렇게 해서 나왔다. 나 나름대로 어머니를 기리기 위해서 이 책을 쓰고 출판하는 것이다. 그래서 이 책을 읽는 모든 분이 이 책을 통해 우리 곁에 살다 가셨던 김주신 씨를 기억해 주길 바란다.

생각해 보면 나와 어머니는 40년 이상을 함께 살았다. 태내에 있을 때부터 따지면 44년 가까이 되지만, 중간에 어머니께서 무안에 내려가셨던 기간을 빼면 대략 41년 정도 함께 산 것 같다. 그러다 보니 웬만한 부부보다 더 함께 산 기간이 길다. 당연히 아버지와 어머니가 함께 사신 기간보다도 길다. 그러니 나는 세상 그 누구보다 어머니에 대해 잘 안다고 자부할 수 있겠다. 물론 함께 오래 산다고 해서 잘 아는 것은 아니지만…. 어쨌든 함께 살았던 그 세월을 바탕으로 이 책을 쓰려고 한다. 부디 그 시간이 헛되지 않았길. 또 어머니를 기억하는 분들에게 또 다른 추억거리가 되기를….

그게 나의 바람이다.

그러고 보면 이 책은 어머니의 삶뿐만 아니라 나의 삶을 돌아보는 기회를 제공하는 계기가 되기도 했다. 그동안 하루하루 헛되이 살았다고, 또 날마다 조금씩 쓸모없는 사람이 되어 가고 있다고 생각했는데, 작년의 어떤 일을 계기로 결코 그렇지 않다는 생각이 들려는 찰나에 어머니께서 돌아가셨다. 이렇게 순식간에 가신 것은 너무나 속상하고 안타까운 일이지만, 이 일을 계기로 내 인생의 새로운 막이 열리지 않을까 하는 생각도 든다. 그것이 긍정적이든, 부정적이든 이제는 살아가야겠다. 그게 어머니가 가장 바라시는 것이리라.

- 불효자식 권혁신

우리 엄마,
김주신 씨의 삶

출생과 결혼,
시집살이

내 어머니 김주신 씨는 해방 직후인 1946년 10월 16일(음력으로 9월 23일이고, 내 생일과는 5일 차이가 난다)에 태어나셨다.

전라남도의 가난한 농부 집안에서 외할아버지 김경중 씨와 외할머니 김금례 씨 사이에서 여덟 남매 중 여섯째로 태어난 어머니는 태어날 당시 몸이 약해서 어른들의 걱정을 많이 샀다고 한다. 특히 배곯이를 많이 해서 외할아버지께서 어머니를 등에 업고 이 마을, 저 마을로 다니며 치료를 하셨단다. 당시 어린 나이에 죽는 아이들이 많아서 호적에 올리는 건 한참 크고 나서였고 그래서 우리 어머니도 태어나고 3년이 지난 1949년에야 호적에 올랐는데, 음력 생일을 그대로 가져다 써서 지금과 달리 양력 생일이 아닌 음력 생일이 주민등록번호가 됐다.

어머니 가계도

김경중 ——— 김금례

김선창(아들)

김덕임(딸)

김선흥(아들)

김화인(아들)

김선택(아들)

김주신
(딸, 우리 어머니)

김순순(딸)

김선배(아들)

어머니께서 이렇게 옛날 분이시다 보니 모든 이의 생일을 음력으로 챙겨서 식구들 각자 생일을 챙기기가 매우 어렵다. 나조차도 여전히 누나들의 생일을 기억하지 못하고 있다. 그나마 첫째 누나의 생일이 추석 다음 날인 것은 알고 있는데, 이번엔 추석 당일에 어머니께서 응급실에 실려 가시는 바람에 전혀 신경 쓰지 못했다. 그런데 이번에 어머니가 돌아가시고 어머니가 남긴 것들을 살펴보다가 어머니가 아주 오래 전 셋째 누나를 시켜 가족들의 음력 생일을 기록해 놓은 메모를 발견했다. 그나마 이때라도 모여야겠다.

우리 엄마, 김주신 씨

어쨌든 늦게 호적에 올라간 어머니는 당시 시골 아이들이 다 그랬듯이 제대로 된 정규 교육을 받지 못하고 서당과 같은 곳에서 한글을 배우셨다고 한다.

그래서 부모님 소개란에 어머니의 학력을 적어야 할 때면 매우 부끄러워하시고 속상해하시다가 결국 국졸이라고 속여 적으라고 하셨다. 뿐만 아니라 본인이 글을 쓰는 것도 상당히 꺼리셔서 나나 누나들더러 대신 쓰라고 했다.

그렇게 서당을 다니신 후 어떤 생활을 하셨는지는 잘 모르겠다. 그때 이야기는 듣지 못해서 안개에 싸여 있다. 다만 어머니의 팔 남매들 간의 우애가 끈끈하고 단단해서 지금까지도 서로 잘 챙겨주고 그 아래로 태어난 사촌 형제들 간에도 교류가 많다. 우리 아버지의 친가 사 남매가 할아버지께서 돌아가신 후로 서로 갈라져서 뿔뿔이 흩어지고 연락도 안 되는 상황과는 정반대의 상황이다.

어찌 됐든 당시로선 상당히 늦은 나이인 26살의 나이에 어머니는 선을 보서서 당시 서울에서 건축 현장에서 미장일을 하시던 35세 노총각 권오환 씨와 1970년에 결혼 신고를 하셨다(혼인 신고를 이때 했지, 결혼식은 그 전해에 한 듯하다. 그러면 어머니는 결혼 후 50년이 되는 해에 돌아가신 것이다). 어머니가 고향을 떠나 서울로 시집온 데는 어렸을 때

젊은 시절의
어머니와 아버지.

어린 시절의 나,
첫째, 둘째, 셋째 누나.

부터 허리가 아팠던 게 크게 작용했다고 한다. 시골 살림의 특성상 허리 쓰는 일을 많이 하는데 어머니는 어릴 적부터 허리가 아프서서 농사일을 잘 못하셨다. 그래서 일부러 서울에 시집을 오신 것이란다. 어머니의 발목을 번번이 잡은 허리가 사실 어머니와 아버지를 만나게 하는 역할을 한 것이다. 결과적으로 그 허리 때문에 나도 태어난 셈이다. 물론 그래도 어머니는 서울 오서서 고생을 많이 하셨다.

결혼할 당시 호적상으로 두 분은 열한 살 차이가 났지만, 실제로는 아홉 살 차이가 나는 걸로 안다. 그러니까 어머니는 1946년생, 아버지는 1937년생이셨다. 당시 사진을 보면 아버지와 어머니는 키는 거의 비슷하고 덩치는 어머니가 더 좋다. 그때 어머니는 키가 대략 165에 몸무게는 70kg 정도 되셨고, 아버지는 168에 70kg 정도 되셨던 것 같다. 외가 분들 평균 키가 남자는 180, 여자는 165 정도로 상당한 장신 유전자인 것에 반해서, 우리 친가는 평균 키가 남자 170, 여자 160 정도로 작은 편이다. 어머니의 외모를 닮은 나도 키가 클 줄 알았는데, 안타깝게도 170 초반대의 루저남이 되어서 어머니께서는 한탄하시곤 했다. 지금 생각해 보니 어머니의 가계가 외가인 경우엔 키가 좀 작고, 어머니의 가계가 친가면 키가 큰 듯하다. 절대적이진 않지만, 어느 정도 그런 경향이 있다.

당시 결혼식 사진을 보면 어머니의 성함은 김주신(金柱信)이 아닌

두 분의 결혼식 사진.

김주심(金珠心)으로 되어 있다. 가끔 시골에 가면 어머니를 "주심아, 주심아." 하고 부르던 분들이 있었는데 어머니가 어렸을 적에는 몸이 아파서 죽을 줄 알았는데 다시 살아난 아이를 주워왔다고 해서 '주심' 혹은 '주순'이라고 이름을 불렀다고 한다. 다만 호적에 올릴 때는 주신으로 올렸고 그래서 어머니의 이름을 외가 쪽 사람들 빼고는 모두 어머니의 이름을 주신으로 알고 있다. 참고로 내 이름 '혁신'의 '신' 자도 '믿을 신(信)' 자이다. 내 이름을 지어주신 할아버지께서 어머니 이름을 따신 건 아닌 듯하지만, 어쨌든 어머니의 이름과 내 이름 한 글자가 한자도 같다는 사실에 나는 매우 감사하다.

어쨌든 그렇게 전라도로부터 머나먼 서울 땅에 시집을 온 우리 어머니께서는 당시 어머니들이 다 그랬듯이 많이 고생하셨다. 내 친할아버지인 권영필 씨께서는 멋쟁이에 역무원 생활로 상당한 돈을 모은 재력가셨지만, 당시 돈을 많이 벌 수 있는 연탄 공장을 차렸다가 사기를 당해 집안을 몽땅 말아먹은 분이셨는데, 당시 재력가들이 다 그랬듯이 첩도 따로 두셨던 분이었다. 또한, 엄청난 골초서서 본인의 몸뿐만 아니라 사시던 방도 담배 냄새로 찌들었다. 그래서 어머니께서는 담배를 매우 싫어하시게 됐고, 이는 아버지뿐만 아니라 나도 담배를 피우지 못한 원인 중 하나가 됐다.

시어머니인 우리 친할머니 정춘례 씨의 성격은 기억나지 않지만,

할아버지의 외도 때문인지 일찍부터 중풍이 드셔서 어머니가 그 수발을 드시느라 엄청 고생하셨던 것은 기억난다. 친할머니가 중풍으로 몸을 제대로 가누지 못하는 상황에서 어머니는 그분의 대소변을 치우시고 몸을 닦으셨다. 이것이 어머니께서 이후에 몸을 상하게 된 가장 큰 원인으로 꼽힌다. 그뿐만 아니라 친할머니는 의심이 많아서 무엇이 없어지면 어머니가 훔쳐 갔다고 의심해서 "니네 엄마 주려고 내 물건 훔쳐 갔지?"라고 하시며 어머니를 구박하셨다고 한다. 그러니 같은 편이라곤 하나도 없는 집안에서 우리 어머니는 시어머니의 병수발로 몸 고생뿐만 아니라 마음고생도 많이 하실 수밖에 없었다. 그리고 할머니의 그런 모습을 보고 어머니는 중풍과 치매에 진저리를 치셨다.

아이러니하게도 어머니가 제일 사랑하셨던 외할머니께서는 100세 넘게 사셨는데, 100세를 넘으시면서 치매에 걸리셨다. 그런데 다른 사람은 못 알아봐도 우리 어머니가 가서서 "주신이요. 주신이." 그렇게 말하면, "어? 주신이가 왔어?" 하시면서 정신을 차리셨다고 하니 두 분 간의 정이 얼마나 깊었는지 알 수 있다.

우리 친가 쪽 일가 구성은 할아버지, 할머니에 큰아들인 아버지, 둘째 딸인 큰고모, 셋째 딸인 둘째 고모, 넷째이자 막내아들인 작은삼촌으로 되어 있었다.

외할머니, 나, 사촌 형과 함께 창경궁에 가신 어머니.
외할머니는 가끔 서울에 올라오셔서 우리 집에서 묵고 가셨다.

원래 아버지는 둘째 아들이었는데, 큰아들인 큰 삼촌이 물놀이하다가 돌아가셔서 장남이 되셨다고 한다.

성균관대학교 영문과 야간학부에 들어가셨던 아버지는 할아버지가 사기로 돈을 날리신 후, 대학을 중퇴하고 공사판 미장으로 돈을 벌기 시작했다(재미있는 건 어쨌든 아버지와 나는 성균관대학교 선후배라는 사실이다. 아버지 학적이 남아있는지는 모르겠지만. 물론 그 당시에는 뒷구멍으로 대학 들어가는 경우가 많았고 아버지도 그렇게 들어가셨다고 한다). 이런 아버지의 직업은 나에게도 상당한 콤플렉스 요소 중 하나여서 아버지 직업란을 적을 때마다 나는 '뭐라고 적어야 하나?'를 고민했다. 아버지의 직업으로 공무원, 회사원 등을 적는 다른 친구들에 비해서 막노동이라고 적어야 하는 나 자신이 너무 초라하게 느껴졌다. 결국 엄청나게 고민하면서 썼다, 지웠다, 썼다를 반복하다가 마지못해 노동자로 적거나 건축 등을 썼던 거 같은데, 당시 그렇게 부모의 학력과 직업을 본인이 적어서 내는 학교 교육은 지금 생각해 보면 매우 폭력적이었던 것 같다.

어쨌든 집안이 가난하고 아버지의 벌이가 일정치 않은 나로서는 항상 다른 이들과의 비교를 통한 열등감에 시달릴 수밖에 없었다. 물론 나뿐만 아니라 우리 집 사 남매 모두 그런 일이 비일비재했다. 누나들은 남들 다 가는 수학여행도 거의 못 갔으니 오히려 특혜를 누린 내가 누나들에게 미안해해야 할 판이다.

우리 엄마, 김주신 씨

아버지는 법 없이도 살 사람이라는 평을 듣는 분이었지만, 한이 많으셨다. 본인은 공무원을 하지 못한 걸 후회하시며 나에게 항상 공무원을 하라고 말씀하셨다. 비가 오면 일을 쉬시고 집에서 스스로 배운 침을 맞으셨고, 제2의 직업을 꿈꾸면서 다양한 책(버섯 재배, 병아리 감별 등)을 공부하시는 투잡맨이셨다.

아버지는 가끔은 리어카를 끌고 다니시며 고물을 줍기도 하셨는데 엉뚱한 것들을 많이 주워 오셔서 어머니께서 화를 내실 때도 많았다. 하지만 나는 그런 아버지를 길가에서 만나면 부끄럽기도 했지만, 가끔 내 장난감이 될 만한 것을 주워 오시지 않을까 기대하기도 했다.

사실 아버지는 권위 의식이라고는 눈곱만큼도 없는 분이기도 했다. 어쩌다 한 번 정말 화가 나면 매를 들기도 하셨지만(아버지께 맞은 기억은 한두 번뿐이다. 어머니에겐 많이 맞았지만) 대부분은 허허 웃으며 넘어가시고 소주 반병에도 취해 기분이 좋아지시는 분이었다. 나는 아버지의 그런 소탈함과 무권위 의식이 좋았다. 지금도 내가 다른 사람을 대할 때 오픈 마인드라는 평을 듣는 건 아버지의 영향이 큰 것 같다.

아버지는 나름 명문대인 성균관대 영어영문학과 야간 대학을 들어가셨지만, 중퇴하고 막노동을 하실 정도로 자신의 기준이란 것 자체가 없는 분이었다. 그게 당시 시대의 상황인지, 어떤지는 모르겠다.

사우디아라비아에
가신 아버지.

어쨌든 그런 분이다 보니 그냥 일하고서 돈을 떼먹히는 일이 많았고, 항상 어머니께서 그런 일에 속상해하고 돈 좀 잘 받으라고 채근하셨던 게 기억난다. 아버지가 떼먹힌 돈을 다 합치면 돌아가신 2002년을 기준으로 해도 1억 원을 넘어갈 것 같다. 그뿐만 아니라 1980년대에 한때 중동 붐이 불었을 때 아버지는 돈벌이를 위해 사우디아라비아에 일하러 다녀오시기도 할 정도로 생활력이 강한 분이었다. 다만 한국에 돌아오시고 난 후 일을 마치고 돌아와 제대로 씻지를 않아 어머니께 잔소리를 많이 들으셨던 것이 기억난다. 그러고 보니 1980년대 중반에 아버지가 다리를 다쳐 고름이 많이 생겨 병원에 입원하셨던 것도 기억난다.

어쨌든 아버지는 한 집안의 실질적인 가장이자 주된 수입원으로서 역할을 하셨지만, 집안일에 제 목소리를 내는 일은 드무셨고, 그게 어머니께도 매우 부정적으로 작용했을 것 같다. 결국 집안에 일이 생기면 희생하는 건 어머니셨으니까.

집안의 다른 구성원인 고모님들과 막냇삼촌에 대해서 말하기는 매우 어렵다. 그 분들과 함께 살던 당시를 내가 산 것도 아니고, 세 분에 대해 아는 건 매우 부분적이니까. 다만 세 분 다 어머니가 시집살이하시면서 고생하신 건 인정하실 것 같다. 최소한 시누이였던 큰고모, 작은 고모님은 어머니를 매우 존중하고 도와주시려고 했다. 특히 내가 친가 쪽 친지 중에서 제일 좋아하고 그만큼 나를 제일 귀여워해 주셨던 작은 고모님이 어머니를 많이 챙겨주셨던 것은 기억난다.

물론 어렸을 때는 생리혈한 속옷을 빨래로 내놓지 않고 꽁꽁 숨겨 놓아서 어머니를 힘들게 하셨다는 얘기도 들었지만, 그래도 작은 고모님께서는 내가 할아버지와 함께 갈 때마다 나한테 용돈을 많이 주셨을 뿐만 아니라 내가 대학교에 입학했을 때엔 양복을 한 벌 맞춤으로 선물해 주실 정도로 나를 많이 챙겨주셨다. 작은 고모님은 결혼 후에 계속 외식 사업을 하셨는데, 종로 빈대떡과 곱창 프랜차이즈 등을 하셨다.

그런데 작은 고모님은 우리 어머니처럼 2006년 초에 갑자기 암 판정을 받으시고 내가 어머니와 면회를 갔을 땐, 갑자기 "찐하게 연애해 보고 죽고 싶다."라는 말을 하셨다. 그때는 이미 13년 후의 어머니처럼 손 쓸 수 없을 정도로 온몸에 암세포가 퍼진 뒤였다. 이번에 어머니가 돌아가실 때, 나는 작은 고모님의 모습을 떠올렸다. 다만 어머니는 '찐한 연애'를 하고 싶어 하지는 않으셨다. 어머니의 소원은 무엇이었을까? 나는 8월 초에 어머니가 쓰러지셔서 구급차를 타고 응급실에 입원하셨다가 첫 번째 위기를 넘기고 난 후 병원 옆에 있는 극장에서 본 국산 영화 《엑시트》에서 어머니의 꿈을 봤다.

영화 《엑시트》 속 주인공인 조정석은 나와 상황이 매우 비슷하다.

딸 셋 다음에 태어난 막내 외동아들. 그리고 벌어지는 어머니 고두심의 칠순 잔치. 사위들은 앞다퉈서 장모님인 고두심 씨를 사랑한다고 고백하면서 노래를 부르고 서로 등에 업으려고 싸운다. 만약 우리 집안이 잘 풀렸으면 비슷한 그림이 나왔을 것이다. 하지만 현실은 나를 포함해서 세 명은 결혼을 못 했고, 나머지 한 명은 돌싱이다.

그게 우리 어머니가 칠순을 맞이하실 때의 상황이었다. 그런데 당연히 어머니의 칠순은 잔치는커녕 그냥 식구들끼리 밥이나 한 끼 하는 자리가 될 수밖에 없었고, 그런 일은 계속 이어졌다. 그 이전에도 그랬고, 그 이후에도 그랬다. 이번 장례식 때도 마찬가지였고. 어머니는 그런 상황에 속상해하셨고, 많이 한탄하셨다.

안타깝게도 우리 집은 명절 때 유독 더 썰렁했다. 처음엔 그 상황이 싫었던 나도 점점 익숙해지고 무덤덤해졌다. 처음엔 투정을 하다가 음식거리를 많이 사 오기도 했지만, 나이를 먹으니까 먹는 것에 대한 집착이 사라졌다. 그러다 어머니는 바라던 광경을 한 번도 보지 못하시고 하필이면 추석 연휴가 지나서 돌아가셨다.

큰 이모님의 생일 잔치. 그 자리에 가신 어머니는 기쁘면서도 섭섭하셨을 것이다.

홍은동 시절
(1970~1990년)

어쨌든 어머니는 시부모를 모시고 나를 포함해서 사 남매를 낳았다. 죄송하게도 남아선호 사상이 강했던 그 시절에 어머니는 대를 이을 아들인 나를 낳기 위해 딸을 셋이나 낳았다. 그 후 아버지께서는 정관 수술을 하신 걸로 안다.

우리 어머니와 아버지의 첫째 자식인 혁실은 1970년에, 둘째 자식인 수연은 1973년에, 셋째 자식인 혜경은 연년생으로 1974년에, 넷째 자식인 나는 1976년에 낳으셨다.

어린 시절의 우리 사 남매. 혁실, 혁신, 혜경, 수연.

우리 집 가계도

권오환 ——————— 김주신

권혁실(딸)

권수연(딸)

권혜경(딸)

권혁신(아들)

홍은동에서 살던 시절, 우리 집은 가난하긴 했지만 살던 집은 2층 짜리 공동주택이었고 그 집은 할아버지 소유였다. 그 집은 지금은 철거된 홍은고가도로가 끝나는 지점에 있었고, 맞은편엔 미미 예식 장이라는 결혼식장이 있었다.

그래서 어머니가 누군가에게 집 위치를 설명할 때는 항상 '홍은고 가도로 끝나는 곳, 미미 예식장 맞은편'이라는 표현을 쓰셨다. 고가 도로가 철거되기 한참 전에는 육교가 있었고, 그걸 건너서 미미 예 식장이 있는 블록으로 건너갈 수 있었다. 그 육교에는 비가 오나, 눈 이 오나 온갖 잡화를 늘어놓고 파는 사람이 있었는데, 어떻게 전혀

홍은동 집 마당에서 아버지와 나.
이 집은 어머니가 돌아가시던 달에 헐렸다.

안 팔리는 것 같은데도 어떻게 먹고 살았을까 궁금하기는 했다.

우리 집은 처음엔 1층에 살았는데, 옆집에 강아지를 키우는 아주머니가 같이 살아서 화장실도 같이 썼다. 그 집 아주머니와 우리 어머니는 매우 친해서 매일 커피를 마시곤 했는데, 어떤 일을 계기로 소원해지고 연락이 끊어졌다. 1층 앞에는 새시 가게가 있었고, 지하엔 고무인지, 본드인지를 만드는 공장이 있었다. 나는 그 두 가게의 주인아저씨들에게 월세를 받으러 다녀오곤 했다. 그 아저씨들은 지금은 성추행에 가까운 짓궂은 장난을 많이 쳤지만, 가끔 나에게 용돈을 주기도 했고, 전자계산기에 있는 복싱 게임을 할 수도 있었으며, 『손자병법』, 『김삿갓』 등의 많이 야한 성인 소설책도 있어서 나는 신나서 월세를 받으러 갔다.

우리 일가 여덟 명은 1층 방 두 곳에 나누어 살았는데, 큰 방에서 아버지, 어머니와 우리 사 남매가, 작은 방에선 할아버지와 할머니가 함께 사셨다.

어머니는 중풍을 앓으시는 할머니의 뒤처리와 집안일, 각종 제사, 차례 등을 준비하시느라 힘드셨다.

차례 때는 제사상을 제대로 차려서 준비했고, 추석이나 설날 때는 김치 손만두를 몇백 개씩 해서 끓여 먹었던 기억이 난다. 나는 그 만두를 정말 좋아했고 제사 음식을 먹는 것도 좋았지만, 사실 그것은 어머니의 희생이 고스란히 들어가 있는 만두와 제수 음식이었다.

그 시절, 김장 때에는 200포기 정도 되는 배추를 사다 김장을 했다. 하지만 그 역시 고스란히 어머니의 몫이었다. 어머니께서 김장을 하시면 주변에 김치를 나눠주고 또 얻어다 먹고는 했다. 하지만 세월이 흘러감에 따라 김장 김치의 규모는 점점 줄어들어 갔고, 또 어머니도 김장을 할 수 있는 몸 상태를 유지하지 못하셨다.

작년엔가 혼자 김장 김칫거리를 사다가 혼자 다 하시고서는 누나들이 도와주지 않는다고 원망하셨던 것이 기억난다. 어머니는 절대 일을 쌓아두지 않으셨고, 본인의 몸이 아픈데도 기필코 끝장을 보는 분이었다. 가족 중에서는 그 누구도 어머니의 그런 성격을 감당할 수 없었다. 그나마 셋째 누나가 어머니를 말씀을 따르려고 많이 노력하는 정도였다.

그랬던 어머니도 최근 들어선 시대의 흐름에 따라 김장하는 걸 거의 포기하시고 나를 시켜 홈쇼핑에서 김치를 주문하셨다. 그게 훨씬 더 경제적이고 효율적인 데다 더 이상 어머니 혼자서 김치를 하실 수 없기 때문이기도 했다. 하다 못해 돌아가시기 전에도 나에게 홈쇼핑 김치를 주문하라고 하셨다.

그 집에서의 추억은 매우 많다. 하지만 사 남매와 부부가 한 방에서 같이 산다는 건 지금으로선 상상도 할 수 없는 일이었고, 그래서

우리 엄마, 김주신 씨

힘든 일도 많았다. 당시 나는 처음엔 동네 아이들과 어울려 놀았지만, 어느샌가 혼자 책을 읽거나 오락실에 가는 게 취미가 됐다. 가끔은 이젠 군사보호지역이 되어 철조망이 쳐진 산에 혼자 올라가 개울에서 댐을 만드는 놀이를 하기도 했다. 또 옥상에 올라가서 쇠파이프를 가지고 혼자 되도 않는 창술을 연습하기도 했다. 그때는 『삼국지』나 『수호전』 같은 중국 역사소설을 보면서 조자룡처럼 창술의 명수가 되고 싶다는 꿈을 꿨다. 그리고 요새는 취미로 그런 무술을 배우고 있다. 어머니는 차양을 치고 장독대 옆에는 똥개를 길러서 잔반을 주셨다. 그렇게 개밥을 끓여 먹여 기르다가 적당히 크면 보신탕을 해 드셨다.

그 블록에 있는 가게는 거의 다 목공소였다. 그래서 골목에서 온종일 나무 깎는 소리가 들려왔다. 지금도 두 군데 남아있는 걸 보니 몇십 년 동안 계속하고 있다는 것이라 대단하다는 생각이 든다.

재개발 여파에도 사라지지 않고 남아있는 목공소들.
옛날 우리 집도 이런 벽돌로 지은 집이었다.

어머니가 30년 넘게 다니신 홍제중앙그리스도의교회.

어머니께서는 우리 집에 세 들어 살던 교회 집사님을 따라서 홍제 중앙그리스도의 교회에 나가셨고 어머니를 따라 우리 집 식구들 모두 그 교회에 나갔다.

학교 친구, 동네 친구가 거의 없던 나는 교회 형, 동생들과 노는 게 너무나 좋았다. 특히 여름 수련회나 크리스마스이브에 하는 문화 행사와 새벽송이 너무나 즐거웠고, 그중에서도 송구영신예배 때면 떡국을 먹고 함께 게임하며 밤새워 노는 것이 최고의 연례행사였다.

내 인생 첫 연극으로 동네 사람 2인가 하는 역할로 출연했고, 그 다음엔 아담 역으로 출연했던 게 기억이 난다. 그 후 로마 백부장 역을 맡기도 했는데 대학교 입학 이후에는 그 교회를 나가지 않았다. 10년 후 다시 교회를 나갈 땐 강남역에 있는 '사랑의 교회'에 나갔는데 그때 몇천 명 앞에서 연극을 했던 게 기억난다. 그때 나의 역할은 병졸 1과 동네 사람 2였다.

어머니는 교회 구역에 속해서 구역 예배를 드리고, 당번이 돌아오면 식사 봉사를 하고 수련회도 같이 가셨다. 교회는 어머니 사교 생활의 양대 축이었다. 친정 친척들과 하는 계와 교회 모임이 그 두 축이었다. 교회 분들과 가끔 화투도 치셨지만, 고스톱에 비해 상대적으로 재미없는 민화투여서 나는 흥미도가 떨어졌다. 후에 고스톱도 치셨지만, 10원짜리를 가지고 하는 놀이에 가까운 화투였고 많이 따

나는 교회 성극에 아담으로 출연했다.

어머니가 건강하실 때는 친지분들이나 교회 분들과 가끔 여행도 가셨다.

도 돌려주시곤 했다.

지금도 남아있는 유진상가와 인왕시장이 어머니께서 주로 쇼핑하는 장소였다. 은평구로 이사 오기 전엔 어머니가 자주 가던 단골집들이 인왕시장에 꽤 있었다. 시장 입구에 있는 약국에서 자주 사 드시는 약도 있었다.

1983년엔가, 오랜 중풍을 앓으시던 할머니께서 돌아가셨다. 그 후 어머니는 무섭다며 2층으로 올라가자고 하셨다. 그래서 우리는 2층으로 올라갔고, 여전히 방 두 칸에서 살았다. 사 남매와 어머니, 아버지가 한 방에서 살고, 나머지 한 방에서 할아버지께서 사셨다. 할아버지는 매일 담배를 피우셨고, 어머니는 그 냄새를 질색하셨다. 게다가 그 집에는 바퀴벌레도 정말 많았다. 사는 동안 그렇게 바퀴벌레가 많은 집에서 산 적이 없을 정도다.

한 번은 할아버지가 집 전화 번호를 팔아먹으신 일이 있었다. 정확하지는 않지만, 우리가 살던 집의 전화 번호를 한국통신으로부터 받아다 팔아서 보증금 20만 원인가를 가져가신 것이다. 어머니는 매우 분개하셨지만, 별다른 상황은 벌어지지 않았다. 그래서 그때까지 쓰던 384-1794 대신 새 번호를 부여받았다.

어머니의 왼쪽에 있는 분은 곽귀순 권사님, 오른쪽은 순심 이모. 두 분 다 오래전에 세상을 뜨셨다.

그 시절의 나는 오락실 가는 것을 정말 좋아했다. 돈 한 푼 없어도 가서 남들 하는 것을 구경만 했다. 그러다 어머니에게 들켜서 맞은 적이 몇 번 있다. 오락실 가는 것 자체가 나쁜 짓은 아닌데 어머니에겐 나쁘게 보였나 보다. 그거 말고도 맞은 일로 기억나는 게 어느 겨울날인가 내가 집 앞에 버려놓은 연탄재를 다 깨뜨렸던 일이다. 그때는 뭐가 뭔지 모르고 무언가 때려 부순다는 데 쾌감을 느껴서 연탄을 다 부수었는데, 어머니한테 들켜서 된통 혼났다. 지금 같으면 벌금을 물었을지도 모를 일이다.

사실 나뿐만 아니라 우리 사 남매 모두 용돈 같은 게 없었고, 그때그때 일이 있을 때만 타서 쓰다 보니 취미 생활이나 맛있는 걸 사 먹을 엄두도 못 냈다.

고작 설날에 세배하고 받는 세뱃돈이 제일 큰 수입이었는데, 우리 집 어르신들이 용돈을 많이 줄 리는 만무했고, 세배하러 다니는 교회 분들의 집안 사정도 그리 좋지 않았던지라 열심히 돌아도 큰돈을 벌지는 못했다. 그래서 몇십만 원, 몇백만 원씩 받는 친구들이 많이 부러웠다.

그러다 보니 나는 할아버지 따라서 친척들 집에 갈 때마다 용돈을 받을 걸 기대했다. 아니면 어머니 따라 곗집을 갈 때도 기대를 했다. 그때도 어머니는 걷는 게 부자유스러우셨고, 그래서 나를 데리고 다니시며 의지하셨다. 그래서 나는 어머니와 함께 외가 쪽 친척 집에 참 많이 갔다. 가면 맛있는 음식이 잔뜩 있고, 가끔 용돈도 오천 원, 만 원씩 받으니까 당연히 그런 행사를 매우 좋아했다. 물론 가면 어린애는 나 혼자밖에 없어서 재미는 없었지만.

그러다 한 번은 길을 잃어서 미아가 된 적도 있었다. 겨우 반나절밖에 안 되는 시간이었지만 어머니를 잃은 나는 영영 어머니를 못 만나는 줄 알았다. 그리고 마침내 어머니를 만났을 땐 펑펑 울었다. 나에게 어머니는 그런 존재셨다.

그리고 또 우리 남매는 여름이나 겨울이면 전라남도 무안에 있는 외갓집에 갔다. 한 번 가면 10일 이상 머물다 왔는데, 바다도 가보고 갯벌도 가보는 등 당시로서는 교회 활동을 빼면 거의 유일한 여행이었다.

그뿐만 아니라 친척 누군가의 결혼식이 있거나 아니면 그냥 놀러가는 일도 있었다.

그때 어머니는 외할머니와 만날 때마다 눈물지으실 때가 많았다. 외할머니도 마찬가지였다. 형제들 중에 혼자 떨어져서 서울 살이 하는 어머니가 외할머니 눈에는 많이 밟혔나 보다. 어머니도 형제들 중에서 제일 외할머니를 위하고, 할머니가 계신 넷째 삼촌 집을 챙기셨다. 뭐 하나 귀한 거라도 들어오거나 외갓집에서 필요한 게 있다고 하면 바리바리 싸서 택배로 보내셨다.

그것은 어머니께서 돌아가시기 얼마 전까지도 계속됐다. 내가 이제는 시골에도 가게 많이 생기고 유통 다 된다고 말씀드려도 소용없었다. 매일 외숙모님과 전화 통화하면서 시골 걱정하는 게 어머니의 일과였다. 농사 걱정, 날씨 걱정, 외숙모 걱정. 어머니의 일생은 걱정과 고통이었다. 그게 제일 안타깝다. 조금이라도 몸이 편하고 마음이 편하셨으면 저런 병에 걸리고 이렇게 쉽게 가셨을까?

홍은동 집은 총 2층으로 꽤 큰 집이었지만, 날림으로 지어서 상태가 안 좋았다. 여름이면 비가 새고, 곰팡이가 슬고는 했다. 그리고 그 집의 장독대 옆에 똥개를 여러 차례 길러서 보신탕을 해 드셨다.

어머니는 다른 보양식은 거의 안 드셨지만, 보신탕만은 해마다 드실 정도로 즐기셨다.

홍제동으로 이사 온 후엔 어머니는 마당에서 먹순이라는 암컷 개를 길렀는데 먹순이는 강아지도 열 마리 이상 두 번이나 낳을 정도로 잘 키웠다. 하지만 어느 날 안 보여서 물어보니 팔렸다고 했지만, 보신탕이 한 통 가득 있던 것으로 봐선 보신탕으로 해 드셨을지도 모른다.

하여튼 홍은동 시절에 우리 집은 가난했고, 어머니는 그때까진 건

잔칫집에 가신
아버지와 어머니.

결혼식에 가신
어머니와 이모님들.

어머니가 돌아가신
10월에 헐린 홍은동 집터.

강하시긴 했지만 역시나 고생을 많이 하셨다. 평생 고통을 안길 허리 디스크가 이때 생겼고, 또 난소에 혹이 생겨 제거하셨다. 이후 홍제동으로 이사를 가자마자 할아버지께서 돌아가시면서 어머니의 고생은 끝나는 듯했다.

참고로 그 집은 공실로 얼마 전까지 남아있었는데, 어머니가 돌아가신 10월에 철거가 되고, 한창 공사 중이었다. 그 집도 어머니와 운명을 같이했다는 생각에 묘한 기분이 들었다.

홍제동 시절
(1990~2001년)

　아버지와 어머니는 1990년 홍은동 집을 팔고 홍제동으로 이사 가셨다. 홍은동과 홍제동은 딱 붙어있어서 한 동네 같지만, 내부 순환 도로를 기준으로 위쪽이 홍은동, 아래쪽이 홍제동이다. 우리는 내가 중학교 2학년이 되던 해에 홍은동 공동주택을 팔고 홍제3동에 있는 공동주택으로 이사 갔다. 공동주택이어서 옆에 단 하나의 집이 더 있어 다른 가족들이 세 들어 살고 화장실을 같이 썼다. 옆 골목엔 색싯집이라고 불리는 사창가가 있었고 길 맞은편에는 오락실이 있었다. 길을 건너면 지하철 3호선 홍제역까지는 10분 정도 걸어가면 됐고, 교회랑 시장도 가까운 편이었다. 물론 이전에 살던 홍은동 집과도 크게 차이 나는 거리는 아니었다.

아, 그리고 그 당시 내가 다니던 홍은중학교 근처에 살던 문재인 후보가 대통령이 되면서 잠시 그 지역이 주목받기는 했다. 나도 대통령 선거 개표 때 카 패트롤 방송을 보면서 감격했다.

당시도 우리 집은 가난했다. 크게 쪼들리는 건 아니었지만, 그 흔한 VTR 하나 없다가 내가 고등학교 2학년이 되고 수학을 잘 못하니까 당시로서는 상당히 비싼 돈인 100만 원 가까이를 주고 수학 비디오테이프 세트를 사고, 그걸 보기 위해서 VTR을 샀다. 그때 처음 빌려다 본 영화가 〈다이하드 2〉였는데 아마 4~5번은 본 거 같다. 나는 동네 도서 대여점과 비디오 대여점의 단골이어서 많은 영화와 만화책, 소설책을 그때 봤다. 그때 경험이 내가 지금 이 일을 하는 데 큰 영향을 미쳤다.

그 집에선 쇠약해진 할아버지께서 중풍을 맞으셨다가 1990년 12월 16일에 돌아가셨다. 그때 나에게 아버지는 "사람은 누구나 한 번은 죽는다."라고 하셨다. 어쨌든 할아버지가 돌아가시고 난 후 1995년에 어머니는 병원에 입원하셨다. 아마 허리 때문에 입원하셨던 것 같은데 그때 둘째 누나가 그 병원에서 이혼한 매형을 만났다.

이혼한 매형은 어머니와 함께 입원한 환자분의 아들로, 둘째 누나가 어머니를 극진히 간호하는 모습을 보고 반해서 대시했고, 당시 누나의 남자친구(교회 장로님의 아들)가 탐탁지 않았던 어머니는 적극적으로 두 사람 사이를 부추겼다. 결국 누나는 고무신을 거꾸로 신고 매형과 사귀었다. 교회 형, 동생으로 나랑 매우 친했던 누나의 남자친구가 휴가 기간에 술에 취해 나를 만나고 매형을 만나 험악한 상황까지 갔던 게 기억난다. 그래도 우리 누나와 매형은 결국 결혼까지 했다. 그게 1995년 가을의 이야기로, 둘째 누나의 결혼식 날 OB 베어즈가 23년 만에 한국 시리즈를 우승했고, 나는 대학교 1학년이었다. 그때 그 불사조 박철순 투수를 어머니가 돌아가시기 며칠 전에 병동에서 만났다. 같은 층 병동에 박철순 투수의 부인이 입원해 있었다.

내가 어릴 적부터 야구를 좋아하게 된 데에는 박철순 투수의 역할이 컸다. 프로야구 원년, 그의 다이나믹한 투구 폼을 보고 반해 OB 베어즈의 팬이 되고 프로야구 팬이 됐기 때문이다. 박철순 투수는 1982년에 24연승 기록을 남긴 후 허리 부상으로 오랫동안 재활 치료만 하다가 1990년대 중반에 부활하였다. 문제는 내가 그의 투구 폼을 흉내 내면서 집에서 투구 연습을 하다가 허리 디스크를 다쳤고 이후 고등학교 2학년 모의고사 점심시간에 반 친구들과 야구를 하다가 더 다쳐서 의자에 앉지 못하는 지경에까지 이르렀다는 것이다. 결국 나는 자율 학습과 보충 수업을 다 빠지게 됐다. 이후 나는

1998년 1월에 허리 디스크 수술을 하고 군대를 면제받게 된다.

그 전해인 1994년 11월 23일, 나는 내 인생에서 가장 중요한 시험인 수능을 봤다.

수능 당일 어머니는 아침에 삼겹살을 해주셨다. 시험 날 뭔 삼겹살이야 싶기도 하지만, 어머니로선 나에게 해주실 수 있는 가장 최고의 메뉴를 해주신 것이리라. 그날 감기 기운이 있어서 약간 걱정했지만, 시험은 꽤 잘 본 편이었다. 수리탐구 1영역을 조금 더 잘 찍었으면 더 좋은 대학에 갈 수 있었을지도 모르지만, 어쨌든 나는 나름 명문 대학인 성균관대학교 중어중문학과에 들어갔다. 12월 24일이 특차 접수일이었는데, 경쟁률이 꽤 높은 14.5 대 1이었고, 12월 31일에 합격자 발표가 났다.

조금 더 좋은 대학인 연고대에 갔으면 어머니께서 잔치를 열어주신다고 했는데, 잔치는 못 했어도 당시 내 내신을 생각해 보면 좋은 대학에 간 셈이었다.

대학 입학 이후 1996년 여름, 우리는 기존에 살던 집을 헐고 새로 지었고 집을 짓는 동안 어머니와 나, 아버지는 문화촌의 아파트 지하 단칸방에서 잠깐 생활했다. 거기는 정말 불 끄면 아무것도 안 보이는 곳으로 그런 곳에서도 생활이 가능하다는 것을 그때 알았다.

우리 엄마, 김주신 씨

홍제동 집-지었던 그대로 남아있다.

홍제동 미용실-어머니가 그 시절 자주 가시던 미용실이다.

홍제천-어머니가 운동 삼아 자주 걷던 곳이다.

두 달 정도 그곳에 머물다가 옛집 터로 오니까 새로운 집이 지어져 있었다. 지하까지 해서 총 4층짜리 집이었다. 하지만 그 집도 역시 날림으로 지어서 문제가 많았다. 결로, 곰팡이 등. 결국 5년 후 우리는 그 집을 팔고 은평구로 이사를 가게 된다.

우리 어머니의 리즈 시절, 그러니까 화양연화, 가장 빛나고 행복했던 시절은 언제였을까?

25세 이전의 생활은 모르니까 넘어가고, 25세 이후에서 그 고되고 힘들었던 시집살이 기간은 당연히 빼야 하니, 결국 어머니가 가장 행복했던 시간은 둘째 사위를 들이고 그분의 이런저런 에스코트를 받으며 장모 생활을 제대로 누리던 시기였던 것 같다. 중고차 딜러를 하던 매형은 어머니와 아버지를 차에 태우고 이곳저곳 좋은 곳에 모시고 다니면서 맛있는 음식을 사드렸고, 값비싼 옷도 사드렸다. 어머니는 돌아가시기 전까지도 그 시절을 떠올리실 정도로 행복을 만끽하셨다.

갓 낳은 조카 예은이를 안고 있는
둘째 누나와 젊은 시절의 셋째 누나.

그 후 나의 하나뿐인 조카 예은이가 두 사람 사이에서 태어났고, 그를 계기로 두 사람 사이와 두 가문의 사이는 돈독해져야 했지만, 안타깝게도 정반대로 갔다.

내가 기억하는 그 상황을 일일이 적을 필요는 없고, 어쨌든 진짜 이전투구였다. 어머니는 두 사람이 이혼하길 바라지 않았지만, 싸움이 집안 대 집안의 싸움으로 번지면서 사태는 걷잡을 수 없이 커졌다.

어쨌든 결국 나의 사랑하는 조카는 우여곡절 끝에 우리 집으로 돌아왔고, 1999년에 둘째 누나는 위자료 한 푼 못 받고 이혼을 했으며, 그 이후 우리 집에서는 결혼의 결 자도 나올 일이 없었다.

그 상황이 어머니께는 매우 큰 좌절의 순간이었을 것 같다.
어머니가 꿈꾸던 상황과는 매우매우 다르게 흘러갔으니까.
그리고 그 후로 상황은 전혀 호전되지 않았다.

1999년부터 2000년까지 나는 한겨레 신문사 정기 독자팀에서 1년 6개월간 일하면서 학비를 벌고 만화 스토리 작가로 데뷔했다. 그리고 붉은 악마를 벤치마킹해서 동계올림픽 쇼트트랙 국가대표팀을 응원하는 블루 히어로즈라는 서포터즈를 만들어서 활동하기도 했다. 그런 인연들이 지금까지 이어지고 있다. 이번 장례식 때도 붉은 악마 시절 친구들과 블루 히어로즈 시절 친구들이 왔다. 고마운 인연이다.

역촌동 시절 1
(2001~2009년)

2001년이 되자 우리는 홍제동 집을 팔고 역촌동으로 이사 왔다. 우리 집 역사상 서대문구를 떠나는 것은 처음이었다. 불행하게도 서대문구에서는 돈을 맞춰 살 수 있는 집이 없어서 은평구 역촌동에 있는 빌라로 왔다. 새로 지은 필로티 구조 빌라 1층을 사서 들어왔다. 사실 이때 좀 안타까운 게 빚을 좀 지고서라도 아파트를 샀으면 어땠을까 하는 생각이 들지만, 빚이라고는 끔찍하게 싫어했던 어머니로서는 어쩔 수 없는 선택이었다.

은평구로 오면서 나의 생활에도 많은 변화가 생겼다. 무엇보다도 은평구, 그중에서도 역촌동과 훗날 이사 가는 구산동은 교통이 많이 불편한 동네였다. 지하철이 서울 시내에서 유일하게 6호선이 단

선 순환하는 동네여서 한 번 내릴 곳을 놓치면 한 바퀴 더 돌아야만
했다.

서대문구나, 은평구나 서울에서 가난한 동네인 건 마찬가지지만,
좀 더 불편하고 낙후된 동네로 가는 듯한 기분은 어쩔 수 없었다.

역촌동 집-이곳에서 우리 집안의 여러 가지 일이 벌어졌다.

우리 엄마, 김주신 씨

2001년, 대학교 4학년이 된 나는 졸업할 준비가 전혀 되어 있지 않았다. 학점은 3.0을 넘나들고 있었고, 5년 전에 카투사로 가려고 시험을 본 이후 토익을 제대로 본 적이 없었다. 과연 취직을 할 수 있을까 싶은 상황에서 조바심을 느꼈다. 원래 계획은 졸업하기 전에 데뷔하여 만화 스토리 작가로 일가를 이루는 것이었지만, 만화계는 계속 불황이었고, 사실 나의 실력도 그렇게 높지 못했다.

결국 취직을 하기 위해 여기저기 이력서를 넣는 와중에 두 군데를 지원했다.

한 군데는 '화이트데이'란 게임을 만든 손노리란 게임 회사였고, 다른 한 곳은 대한민국 대표 출판사 민음사의 임프린트인 '황금가지' 였다. 그중 황금가지는 하이텔 축구동호회 친구인 이상헌이 추천해서 지원했다.

이때의 선택으로 나의 미래가 결정되어 버렸다.

이때 출판계로 내 진로를 정하면서 나는 저임금에 불안한 직장생활을 계속해야 했고, 그것은 어머니에게도 부정적인 영향을 끼쳤다. 4학년 1학기인 2001년 4월에 취직하면서 학점 관리에도 실패해 2.98 이란 학점을 받음으로써 일반 기업에 지원할 수 있는 자격도 잃었고 결국 나는 출판계 말고 다른 업계는 갈 생각도 못하게 됐다. 지금에 서야 내가 하고 싶은 일을 나로선 큰돈을 받으면서 한다고 생각할 수 있게 됐지만, 그전까지 지난 15년간 끝없이 실패하고 좌절하면서 어머니께는 죄송스러움, 스스로에겐 모멸감을 느낄 뿐이었다.

어쨌든 나는 2001년 4월에 취직을 했고, 2002년 3월에는 대학을 졸업했다.

당시 졸업식에 어머니와 아버지, 조카가 와서 함께 사진을 찍었다.

졸업사진.

어머니, 아버지가 흡족해하실 만한 직장은 아니었지만, 그래도 두 분께 학사모라도 씌워드릴 수 있었던 것은 다행이었다.

그리고 대학 생활을 할 동안 학비를 전부는 아니지만, 절반 이상 내가 부담한 것도 나름 보람된 일이었다.

물론 그렇게 돈을 버느라고 학점은 별로였지만, 사실 공부에 열중했다고 해서 좋은 학점이 나왔을지는 의문이긴 하다.

그리고 그다음 해에 2002년 월드컵이 지나고, 그해 가을에 아버지께서 돌아가셨다. 2002년 9월 28일이었다(하필이면 내 음력 생일 날짜가 9월 28일이다). 그날은 토요일이었다. 쉬는 날이라 집에서 컴퓨터를 하며 노닥거리고 있는데 갑자기 회사에서 전화가 왔다. 평소 나와 앙숙인 여직원이 아버지에게 무슨 일이 생긴 것 같다고, 회사로 병원 응급실에서 전화가 왔다고 했다.

급히 아버지 핸드폰으로 전화해 보니 받으시지를 않는다.

그리고 곧 나에게 은평 청구성심병원 응급실에서 전화가 왔다.

일 나가셨던 아버지가 추락사하셨다는 이야기였다.

깜짝 놀란 식구들은 밖으로 나가 택시를 잡았다.

어머니는 그때도 몸이 불편하셨다.

택시를 잡으려고 하는데 맑은 하늘에서 비가 내렸다.

아버지의 끔찍한 사고를 알려주는 전조 같았다.

연신내에 있는 병원에 가니 직원이 응급실에서 피가 철철 흐르는 아버지의 시신을 확인하라고 한다.

아버지는 뒷머리가 깨진 채로 눈을 감고 계셨다.

이후 정신없이 장례식이 치러졌다.

돌아가신 다음 날, 입관식 때 어머니가 "혁실이 아버지~!" 하시면서 마지막으로 아버지를 부르시던 게 아직도 귀에 선하다.

3일 동안 장례식을 치렀지만 사고 보상금 때문에 장례식이 길어졌고, 3일이 지나자 나는 밖에 나와 부산 아시안 게임을 봤다.

내가 기억하는 아버지와의 마지막 대화는 축구 경기를 볼 때 나눈 말이었다.

월드컵 때 한국 축구를 보고 감탄하셨던 아버지셨지만, 곧 밑천을 드러낸 한국 축구 대표팀을 보고 "니들이 그럼 그렇지."라는 식으로 비하하셨고, 나는 그런 아버지께 반발했다.

그게 나와 아버지와의 마지막 대화였다.

그렇게 아버지께 거친 말을 하고 보내드린 게 속상했다.

일주일이 지나 보상금 액수가 결정됐다. 1억 원 정도를 일시불로 받고, 나머지 1억 원은 어머니 돌아가실 때까지 100만 원 이상 매월 연금을 받으며 매년 인상되는 것으로 했다.

어머니의 노후 걱정은 사라진 셈이었다.

훗날 언젠가 어머니가 말씀하시길, 옛날에 점을 쳤는데 점쟁이가 밥 굶을 걱정은 없다고 했다고 하셨다. 그 점괘대로인지 어머니께서는 죽을 때까지 아끼며 사셨지만, 경제적인 곤란을 겪는 일은 없었다. 다만 그렇다 보니 우리도 어머니께 기대는 일이 생겼다. 물론 어머니께 용돈을 받아서 쓴다든지 그런 건 아니었지만, 어머니를 봉양해야 하는 부담으로부터 자유롭다 보니 다들 직장 생활을 제대로 하지 않았다. 나부터가 황금가지를 관둔 후에 2년 이상 다닌 회사가 없었다.

작가에 대한 꿈 때문이기도 했고, 그만큼 출판사들이 열악하기도 해서이기도 했다. 몇 년 전까지 나는 연봉 3,000만 원 이상을 받지 못했다. 물론 내가 그만큼 능력이 없고 이직을 자주 해서이기도 하지만, 그만큼 출판계의 임금이 짜다는 이야기기도 하다.

2004년 5월, 나는 첫 직장인 황금가지를 퇴사하고 원래는 중국에 어학연수를 가려고 했다. 하지만 어머니께서 반대하셨고, 나도 6개월 넘게 돈을 못 벌고 쓰기만 한다는 게 불안했다.

그러다가 졸업한 대학교 앞에서 카페를 운영해보면 어떨까 생각을 해서 찾아봤는데, 생각보다 카페는 비쌌고 오히려 술집들은 보증금과 권리금이 쌌다.

물론 동네에서 도서 대여점을 해보고 싶은 마음도 있었다. 하지만 이미 사양 산업이어서 메리트가 없었다.

우리 엄마, 김주신 씨

결국 모교인 성균관대학교 정문 앞에 있는 '라일(라면 일번지의 준말)'이란 호프를 권리금 1,000만 원, 보증금 2,000만 원, 월세 80만 원에 인수했다.

그때 어머니는 처음엔 말리셨지만, 막상 하려고 하니 1,000만 원을 꿔주셨다. 그것은 14년 후 내가 첫 자취 생활을 시작할 때와 유사하다.

어쨌든 그렇게 시작한 나의 첫 자영업이었지만, 첫 달만 주방장을 쓰고 그다음부터는 누나들과 함께 운영했다.

처음엔 단체 손님이 많아서 그런대로 할 만했지만, 갈수록 손님이 줄었고, 시험 기간이라고 안 돼, 방학이라고 안 돼, 공치는 날도 많았으며, 그러다 보니 가게를 일찍 문 닫고 가는 날도 늘고, 중간에 안주 가격을 올리기도 하는 등, 이런저런 악재들이 겹치면서 점점 장사가 안됐다. 같이 하던 누나들과도 사이가 안 좋아져서 셋째 누나도 두 달쯤 되니까 그만 나왔고, 첫째 누나와만 했다. 그런데 장사가 안 돼 첫째 누나의 월급도 제대로 못 주는 수준이었다. 결국 나는 부동산을 통해 가게를 우이동에 있는 빌라와 교환했다. 그런데 얼마나 세상 물정을 몰랐으면, 교환할 때도 멍청하게 다운 계약서를 쓴지도 몰랐고, 또 주소 이전을 안 해서 집을 팔 때는 양도 소득세를 600만 원 넘게 내야 했다. 그래도 대충 3,000만 원 정도가 남았다.

그런데 그때 남긴 3,000만 원이 불행의 씨앗이 됐다. 물론 그만큼 내가 멍청한 덕분이었지만.

　이러한 나의 상황과는 별개로 아버지의 사고사로 우리 집은 또 한 번의 큰 변화를 겪었다. 어머니는 이혼한 사위 말고 정 줄 사람이 한 명 더 줄었다. 이후 어머니는 교회 활동에 몰두하셨고 그 결과 2003년에 홍제중앙그리스도의교회의 권사로 임직되셨다. 하지만 어머니는 권사가 되신 후에 30년 이상 봉사한 교회와 커뮤니티에 매우 큰 상처를 받았다.

　2005년에 어머니께서 수술하신 후 병원에 입원하셨는데, 홍제동 교회에서 사람들이 거의 면회를 안 와서 어머니는 마음이 많이 상하셨다.

　어머니는 평소에 주위 사람들에게 많이 베풀고 그에 대한 반응을 기대하시는 경향이 있었다. 그렇다고 해서 보답을 바라는 건 아니고 그 사람이 본인을 잘 챙겨주고 살갑게 대해 주길 바라셨는데 그렇지 않으면 거기에 크게 실망하고 상처를 받으셨다. 그게 오랫동안 수많은 사람들과의 만남을 통해 반복된 일이었다.

권사 임직을 하셨지만, 어머니는 30년 이상 다닌 교회로부터 멀어지셨다.

어쨌든 그렇게 30년 이상 다닌 교회에서 크게 상처를 받은 어머니는 홍제중앙그리스도의교회를 떠나서 다른 교회를 다니셨다. 그러다 외할머니의 치매 증상이 심해지셔서 언제 돌아가실지 모르는 지경에 이르자 외가인 무안으로 내려가시기로 결심하신다.

2009년, 결국 어머니는 역촌동 집을 전세로 내놓고 간호조무사를 하던 둘째 누나와 그의 딸 예은이와 함께 무안으로 내려가신다.

그런데 바로 그 직전에 어머니가 동네 목욕탕에 가셨다가 고관절이 부러지면서 주저앉는 사고를 겪으시고 그러면서 또 한 번 병원 신세를 지신다.

무안에 내려가셔서도 바로 집에 들어가지 못하시고 목포에 있는 병원에 몇 달이나 입원해 계시다가 무안에 있는 아파트로 들어가셨다.

그 아파트는 1억 원이 채 되지 않았지만 무안 읍내에 있었고, 여태껏 어머니가 사신 집 중에서 가장 컸다.

그 아파트에 사시면서 어머니는 무안 해제에 계신 외할머니를 뵈러 외갓집에 자주 가셨다.

그러면서 둘째 누나와 불화를 겪었다.

깔끔하고 성격이 급하신 어머니와 대충대충 살면서 느릿느릿한 둘째 누나는 너무나 맞지 않았던 것이다. 어머니는 다른 사람이 자신의 계획에 못 따라 오면 너무나 답답해 하고 화를 내신다. 무안에 내려가 계실 때 그 때문에 어머니와 누나는 많이 다퉜다.

그 와중에 서울에 남은 나와 첫째 누나는 내 돈 2,000만 원과 기존의 보증금 5,000만 원을 합쳐서 전세금 7천만 원으로 전셋집을 찾으러 다녔지만 끝내 찾지 못하다가 인터넷 네이버 부동산 카페 검색으로 찾아낸 오피스텔에 들어갔다. 문제는 그 오피스텔이 소송 중인 건물이었다는 것이었고, 우리와 계약한 건설업자가 고등법원까지는 이겼다가 대법원에서 패소하면서 우리 계약은 휴짓 조각이 됐고, 결국 2013년에 우리는 길거리에 나앉게 되었다.

그래서 진짜 어렵게 돈을 꾸고 모아서 다시 보증금 5천만 원으로 전셋집을 구했고, 이후 사실을 아신 어머니도 서울로 다시 올라오셨다.

그때 어머니는 화도 크게 내셨지만, "돈이 중요한 게 아니고 사람이 중요한 거다."라고 나를 위로하시기도 했다.

이후 부동산협회와의 소송을 통해 2,800만 원쯤 돌려받으면서 다소나마 빚을 갚을 수 있었고, 나머지 액수를 찾을 권리는 있지만, 건설업자가 재산을 빼돌렸기 때문에 다시 찾을 일은 아직도 요원하다.

만약 2013년에 어머니가 서울로 올라오시지 않았다면 무안에서 지금까지 잘 사셨을까? 이후 집을 팔고 구산동 집에 들어가지 않았다면?

알 수 없다. 암이란 단지 환경의 문제만으로 생기는 건 아니니까.

어쨌든 그때 나는 정말 어머니께 죄송했다. 그 후 몇 년 동안 어머니께서 그때 일을 계속 이야기하시면 나는 도리도리 고개를 저으며 죄송하다고 말할 뿐이었다.

역촌동 시절 2
(2013~2015년)

우리가 살던 역촌동 집에서 조금만 걸어 나가서 길을 건너가면 평화공원이라는 공원이 있다.

어머니가 무안에 내려가 계실 동안 조성된 공원이다.

서울로 다시 올라오신 이후로 어머니는 운동 삼아 자주 그 공원에 산책하러 나가시곤 했다.

그리고 어머니는 거기서 만난 사람들과 따로 모임도 하고, 평화공원 옆에 있는 은평감리교회의 여자 권사님께 인도받아 그 교회에 나가셨다. 은평감리교회는 여태껏 어머니가 다닌 교회 종파와 다른 감리교회여서 적응을 잘 못하시긴 했지만, 그래도 나를 데리고 주일

예배를 가시고 구역 예배도 드리셨다. 그때 친해진 분들 중 한 분이 어머니가 이번에 병원에서 퇴원하셨을 때 집에 와서 어머니 머리를 잘라줬지만 어머니는 남자 머리 같다고 맘에 안 들어 하셨다. 어머니 돌아가셨을 때 그분들에게 연락했는데 어머니 장례식에는 오지 않았다. 야속하긴 하지만 그게 세상 이치인 것 같다.

어머니와 친하게 지내던 분들이 더 있었다. 공원에 맨날 놀러 오는 아줌마들이었다. 그들 중 한 분은 어머니가 우리더러 이모라고 부르라고 할 정도로 친하게 지냈다. 다른 한 분은 여수에서 오신 분이라고 했는데, 어디를 가든 눕기만 하면 잠을 자는 분이었다. 그분들과는 도토리를 주우러 갈 정도로 친하게 지냈다. 하지만 언제부터인가 두 사람이 어머니를 멀리하고 뒷담화를 하면서 어머니와 사이가 틀어졌다.

어머니가 오셨을 때 나는 서오릉 부근에 텃밭을 분양받아 여러 가지 채소를 키웠다. 시골에서 올라오셨으니 서울에 오셔서도 시골의 정취를 즐기시고, 맛난 채소를 드시라고 한 일이었지만, 어머니께서 하도 잔소리가 심했고, 나도 잘 돌보지를 못해서 3년 만에 포기했다. 어머니를 모시고 다니던 차도 그 즈음해서 폐차했다. 어머니의 활동 영역이 더욱더 좁아지는 일이었다.

은평평화공원.

은평감리교회.

어머니는 평화공원 옆에 있는 최원호 병원에서 허리 치료 요법을 받으셨다.

그런데 이번에도 허리는 더 안 좋아졌다.

어머니께선 허리가 좋아지려고 계속 수술을 받으셨지만, 더 나빠지기만 했다. 계속 한탄하셨지만 어쩔 방법이 없었다. 게다가 장애인 등급은 5급밖에 못 받아서 별 혜택이 없었다. 그 점을 어머니는 계속 속상해하셨다.

어쨌든 이렇게 허리가 계속 안 좋아지니 점점 운동 능력은 떨어졌고, 집 안에만 계시는 날들이 늘어갔다.

어머니는 본인보다 나이가 많지만, 거동이 자유로운 분들을 많이 부러워하셨다. 돌아가시기 전에 이미 반신불수 상태셨으니까. 안타깝지만 그 누구도 어떻게 할 수 없는 일이었다.

그러던 2015년 여름의 어느 날, 지나가던 아주머니가 우리 집의 벨을 눌렀다. 지나가다 우리 집 지하 주차장에서 수돗물을 틀어서 손을 씻었는데 집이 너무 좋아서 사고 싶다고 하시는 것이었다. 처음엔 어머니도 안 팔려고 하셨다. 하지만 그분이 부동산을 통해서 하도 간곡하게 말하는지라 결국 어머니도 팔기로 했다.

그때부터 이사 갈 집을 찾아다니는 일정이 시작됐다.

그런데 안타깝게도 어머니 마음에 딱 드는 집이 없었다.

새로 짓는 빌라들은 가격이 비쌀 뿐만 아니라 어머니가 중요하게 생각하는 베란다가 없고 방과 거실 모두 작았다.

그러면 차라리 아파트로 가야 하는데 한 동짜리 아파트여도 돈이 부족했다.

계속 찾다가 지금의 구산동 집을 찾았다.

원래는 구산동 도서관 마을 근처에 있는 신축 빌라에 들어가려고 했는데, 다른 사람이 먼저 계약을 하는 바람에 놓치고 말았다.

그 집을 놓치지 않았으면 어땠을까 하는 생각이 든다.

바로 앞에 도서관뿐만 아니라 보건지소도 있으니까 어머니 건강을 좀 더 돌볼 수 있지 않았을까?

하지만 어머니의 증세가 나타난 것은 2018년인 작년의 일이었다. 그때 이미 어머니는 담낭암 말기였다.

어머니가 암을 이겨내시려면 그냥 계속 건강 검진을 비싼 돈을 들여서라도 받는 방법 말고는 없었을 것이다. 그렇게 해서 초기에 발견하지 않는 이상 어머니의 죽음은 피할 수 없었다는 생각이 든다.

어쨌든 우리는 2015년 9월, 지금 사는 구산동 집으로 이사를 왔다.

구산동 시절
(2015~2019년)

이제 문제의 구산동 집이다.

2015년 9월에 이사 오고 난 후 어머니는 이 집을 맘에 들어 하지 않으셨다.

우선 집이 크긴 한데 쓸모 있는 공간이 없었다. 큰 짐 하나 넣어 놓을 곳이 없었다. 어머니는 베란다를 매우 중요하게 생각하셨는데 이 집엔 베란다가 없었다.

게다가 8층 중에서도 8층 꼭대기 층이어서 여름엔 덥고 겨울엔 추우며 햇빛이 계속 비쳐 더워 죽을 지경이었다. 그런데 왜 이리 모기는 많은지, 나는 하룻밤에 30마리도 넘게 잡기도 했다. 물론 나는 모기를 몰고 다니는 남자였다. 어디를 가도 모기가 나를 쫓아다녔다.

사상 최악의 여름이 이어지던 2016년, 우리는 에어컨을 설치하지 않아서 선풍기로 그 찜통더위를 버텨야 했다. 그다음 해에야 에어컨을 설치했지만, 돈을 그렇게 아끼는 어머니의 성품상 제대로 쓸 리 만무했다. 그런 상황이 어머니의 병을 불러오지 않았나 하는 생각도 든다.

또 하나의 문제는 점점 노쇠해 가는 어머니가 운동하러 나가려 해도 이전 역촌동 시절처럼 나가서 걸을 수 있는 공원이 근처에 없었다는 것이다.

결국 어머니는 종일 찜통 같은 집 안에서 침대 위에 누워 있거나 거실에 나와 TV를 보시는 게 다였다. 그런 생활을 4년간 하셨으니 더 살아서 뭐 하나라는 생각을 하실 만도 하다.

그래서 집을 팔려고 몇 번이나 내놓기도 하고 돌아가시기 몇 달 전에는 아버지 묘지 관리소장님께 전화해 묘지 근처 집을 알아봐달라고 하실 정도였다. 비록 그 생각은 실현되지 못했지만, 돌아가신 후 어머니는 아버지 곁에 누우셨다.

이사 온 후 항상 어머니는 허리가 아파 죽고 싶다는 말씀을 하셨고, 사는 재미가 하나도 없다고도 말씀하셨다.

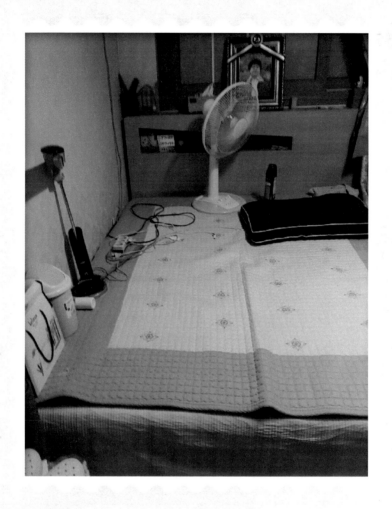

어머니가 기거하시던 방. 다른 것들은 그대로인데 어머니만 안 계신다.
그리고 남은 것은 영정 사진뿐이다.

진짜 재미있는 일이라고는 하나도 없으니 충분히 그런 말씀을 하시고도 남았으리라.

돈을 펑펑 벌어다 주는 자식이 있길 하나, 모시고 다니면서 재미있는 구경시켜 주고, 맛있는 것을 사주는 사위가 있길 하나, 같이 늙어가는 남편이 있길 하나.

자식들끼리는 사이가 안 좋아서 맨날 싸우고, 본인 말씀하시는 거에 큰 소리로 대들고.

어머니는 정말 불행하셨다.

그나마 어머니에게 위안이 될 일이 있긴 했다.

2017년 9월, 어머니와 둘째 누나, 조카, 나까지 넷이서 경상북도 문경으로 여행을 갔다.

그 여행은 우리끼리 간 것은 아니고, 지역 복지관에서 한부모 가정을 대상으로 여행을 기획한 것이었는데, 처음엔 가기 싫어하시던 어머니도 막상 가니까 상당히 즐거워하셨다.

그때 일정은 토요일 날 아침에 떠나서 일요일 저녁에 돌아오는 것이었는데, 토요일 날 오후에 우리는 문경새재에 있는 한옥 세트를 둘러봤고, 어머니는 함께 걷지는 못했지만 휠체어에 앉아서 주변을 둘러보셨다. 그날 밤 가족들끼리 장기 자랑 코너가 있었지만, 노래를 잘 부르는 조카 예은이가 나가지 않아서 아쉽긴 했다.

다음 날에는 함께 레일 바이크를 타고 주변을 둘러보는 순서가 있었다.

그때 우리 네 가족이 레일 바이크를 타고 한 바퀴 돌 때 어머니는 매우 행복해하셨다.

그날 돌아오고 나서 어머니는 많이 즐거우셨는지 각자 10만 원씩 모아서 여행 경비를 마련하자고 하셨다.

1장_우리 엄마, 김주신 씨의 삶

문경 여행 사진. 마지막 사진은 휠체어를 탄 어머니의 뒷모습이다. 당시 어머니의 외롭고 힘든 상황을 너무나 잘 보여주는 것 같아 지금 보니 가슴 아프다.

그렇게 1년이 채 안 되는 기간 동안 한 달에 50만 원씩 모아, 우리는 2018년 5월에 KTX를 타고 여수에 갔다.

불행히도 그 여행은 실패에 가까웠다.

5월 어린이날 연휴에 가다 보니 사람이 너무 많았고, 그래서 숙소도 여수 시내에서 먼 펜션을 얻을 수밖에 없었다.

그것이 가장 큰 문제였고, 그다음에 당시 비가 많이 와서 많은 곳을 돌아볼 수 없었다.

무엇보다도 가장 큰 문제는 어머니께서 몸이 아프시다며 숙소에만 머문 것이다.

2박 3일 동안 어머니는 숙소에만 계셨고 나와 셋째 누나가 사다주는 음식만 조금 드셨을 뿐이다.

여행이란 것 자체를 제대로 떠나 본 적이 없었기에 겪은 시행착오였다.

그때 나와 조카가 함께 유람선도 타고 여수 시내를 돌아보긴 했지만, 어머니와 함께하지 못해서 큰 아쉬움이 남는다.

그 후 우리는 2019년 여행을 계획했지만, 여름 성수기라고 해서 8월 여행은 제쳤는데 그게 제일 아쉽다. 어머니가 이렇게 되실 줄 알았으면 만사를 제쳐놓고 여행을 떠났을 텐데, 그때는 누가 알았으랴.

가장 큰 책임은 내게 있다.

내가 좀 더 일찍 정신 차리고 제대로 된 일을 하든지, 아니면 작가로서 성공했어야 하는데….

그나마 제대로 된 직장에 취직한 게 2017년 여름, 그리고 전 직장의 1.5배의 연봉을 받는 지금의 직장으로 옮긴 게 2019년 3월이다.

이곳에서 내가 성공할지, 어떨지 여부는 알 수 없지만, 지금까지는 잘 풀리고 있고, 앞으로 더 잘 풀릴 거라 생각한다.

그런데 그 성공의 열매를 따 먹으려고 기다리고 있는 상황에서 어머니의 암이 터져버렸다.

마지막 투병
(2019년 8월 2일~2019년 10월 2일)

어머니의 암이 발견되기 전, 나는 구산동 집에서 더 이상 살 수 없겠다고 생각했다. 6월에 중국 쑤저우에 사는 친구를 만나러 갔을 때, 그 친구는 당장 독립하라고 했다.

그때까지 나의 마음은 반반이었다.

어머니가 언제 어떻게 되실지 모르니 가능한 한 오래 같이 살고 싶은 마음과 어머니의 간섭과 잔소리부터 해방되어서 혼자 살고 싶은 마음.

그런데 더운 여름에 에어컨도 안 켜고 자려니 미치겠고, 어머니 곁에서 서로 코 골아가면서 자는 것도 힘들었다. 무엇보다도 셋째 누나와 갈등이 깊어져서 더욱 미칠 지경이었다.

결국 7월, 나는 어머니에게 집을 나가겠다고 폭탄선언을 했다.

처음엔 말리시던 어머니도 내 결심이 굳은 걸 보고 보증금을 빌려주셨다.

그래서 2019년 7월 28일, 나는 처음으로 집을 나와 혼자만의 생활을 시작했다.

2009년부터 2013년까지 어머니와 떨어져 살긴 했지만, 그때는 큰누나와 둘이서 살았는데, 이제는 정말 나 혼자 사는 삶이 시작된 것이다. 기쁘기도 하고 섭섭하기도 한 애매한 심정이었다.

그런데 내가 독립하고서 바로 그 주 금요일, 어머니께서 쓰러지셔서 구급차에 실려 은평성모병원 응급실에 입원하셨다는 전화를 받았다. 청천벽력 같은 소식이었지만 그래도 생명에 지장은 없는 것 같아서 조금은 안심했다.

그날 저녁에 응급실에 갔더니 어머니는 응급실 침대에 누워계셨다.

나는 통곡을 하면서 어머니의 손을 붙잡고 "진작 병원 좀 가시라니까. 이게 뭐예요!"라고 외쳤다.

거동을 못 하시던 어머니는 눈물만 흘리실 뿐이었다.

1년 전부터 어머니는 가슴 아래가 아프고 시리다고 말씀하셨다.

그 말을 들을 때마다 나는 큰 병원에 가서 검진을 받아보시라고 했지만, 어머니는 고작 동네 가정의학과에 가서 위내시경이나 하시

우리 엄마, 김주신 씨

는 정도였다. 그렇다 보니 담낭암이란 걸 아실 수 있을 리가 없었다.

우리도 매우 바보 같았다. 가소로운 생각이지만 우리는 어머니가 워낙 아픈 데가 많으니 암 같은 중병에 걸릴 리 없고, 외할머니도 오래 사셨으니 어머니도 오래 사실 거란 전혀 근거 없는 믿음을 가지고 있었다. 지금 생각해 보면 얼마나 어리석고 한심한 일인지.

어쨌든 일말의 불안감은 있었지만 '암 검사를 안 하시는 것도 아니니 괜찮겠지.'라는 생각을 했다.

하지만 진짜 암이었다.

처음에 의사들은 어머니의 간 부근의 종양이 터져서 그 고름이 온몸에 번져서 위독하다고 했다.

하지만 그 고름을 다 빼내서 회복이 됐는데도, 간에 아직 검은 부분이 있단다.

그게 암인지, 아닌지는 복강경을 해봐야 안다고 했다.

그때까지만 해도 우리는 암이 아닐 거라고 생각했다.

그냥 고름이 안 빠진 거고, 간을 잘라내면 되는 줄 알았다.

그런데 운명의 그날, 복강경으로 안을 들여다본 외과의가 나와서 담낭에 암이 생겼고, 암세포가 온 복막에 번졌다고 말했다.

그래서 수술을 진행도 못 하고 그냥 닫았다고 한다.

정말 하늘이 노래지는 기분이었다.

수술도 불가능하고 항암만 가능한 상황이란다.

그때부터는 종양치료과로 옮겨서 설명을 들었다.

여의사가 아직 어머니의 다른 수치가 괜찮기 때문에 항암은 가능하다고 했다.

우리는 어머니께 사실을 말씀드리고 항암을 진행하기로 했다. 처음엔 그 사실을 말 못했는데, 더 이상 감출 수 없어서 둘째 누나가 말씀을 드렸다. 결국 어머니도 항암을 받아보시기로 했다.

그런데 문제는 어머니께서 점점 음식을 못 드셨고 소화도 못 하신다. 배에 복수가 차고, 드시는 족족 토하신다. 밤에 잠도 제대로 못 주무셨다.

우리 엄마, 김주신 씨

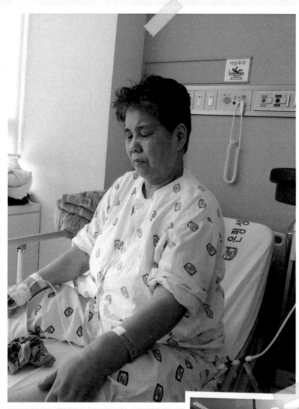

침대에 앉아 조는 어머니.

잠을 이루지 못한 어머니는
밤마다 창가에 나와 주무셨다.

암에 무지했던 우리는 어찌할 바를 몰랐다.

병원에서 아무리 약을 처방해도 소용이 없다.

어머니는 추석 연휴를 앞두고 퇴원하셨다가 추석 당일에 증상이 심해져서 다시 응급실에 입원하셨다.

그때 나는 연신내에서 술 마시고 있다가 어머니 소식을 듣고 바로 병원으로 갔다.

응급실에 계신 어머니는 만날 수 없었고 나는 다시 구산동 집으로 돌아왔다.

그 후 어머니는 일반 병실에 가셨지만, 증상이 점점 악화됐다.

돌아가시기 일주일 전에는 복수를 빼내니까 잠시 좋아지셔서 나에게 전화를 해 닭꼬치를 사 오라고도 하셨다.

그때까지만 해도 나는 어머니가 좋아지시는 줄 알고 너무나 기뻤다. 그때 막 민간요법인 약초 차를 드시기 시작한 터라 그 효과가 나타나는 줄 알았다. 그래서 마트 등지에서 닭꼬치와 새우만두, 꼬막 비빔밥, 초밥 등을 사 갔다. 하지만 어머니는 닭꼬치 하나도 다 못 드시고, 새우만두는 겨우 하나를 드셨다.

그래도 좀 좋아지는 듯해서 나는 기뻤다. 어느 정도 안심했다.

하지만 그건 마지막 회광반조였다.

그 후로 어머니는 점점 의식을 잃어 갔고, 식사는 전혀 못하셨다.

돌아가시기 며칠 전부터 갑자기 통증이 심해져서 모르핀을 가장 센 농도로 맞으면서 코줄로 겨우 물만 드시다가 종국엔 호흡기에 의지하셨고, 결국 숨을 거두셨다.

암 진단을 받은 후 병원에서 주는 약으로는 소용이 없어서 시골에선 복어를 보내줬고 몇 주간 그 국물을 드렸다. 그것도 못 드시게 되자 우리는 네이버 자연치유 카페의 약초 차를 달여 어머니께 드렸다.
하지만 그 모든 것이 소용없었다.

어머니는 30일 가까이 아무것도 못 드셨다. 너무나 힘들어하셨고 빨리 죽고 싶다고 하셨다. 어머니 특유의 전라도 말투로 "내가 지금 사람도 아니고 뭣도 아니여."라고도 하셨다. 또 죽는 건 무섭지 않다고도 하셨다. 배변조차 마음대로 할 수 없는 상황이 너무나 속상하셨을 것이다. 그 후 돌아가시기 전 마지막 주말에 나와 함께 주무실 때, 내가 간호사의 요청으로 하의를 벗겨드리자 그날 저녁 그 사실을 말씀하시며 너무나 부끄러워하셨다.

이전에 어머니는 행여 식물인간 상태에 빠지더라도 절대 산소 호흡기에 의존해서 연명하고 싶지 않다고 하셨고, 그에 대한 서명을 해서 카드까지 가지고 계셨다.

그렇게 어머니는 하늘을 우러러 한 점 부끄러움이 없길 바라셨다. 누구에게 폐 안 끼치고 깨끗이 돌아가시길 바라셨다.

물론 당연히 자식 된 도리로서 할 수 있는 데까지 하고 싶었지만, 어머니는 그걸 바라지 않으셨다.

그래서 어머니가 일찍 돌아가신 것도 같다.

암 환자로서 힘들어하는 모습을 보여주기 싫으셔서. 평생 그렇게 아까워하시던 돈 낭비하기 싫으셔서. 더 이상 고통받기 싫으셔서.

일주일에 한 번씩 내가 어머니 곁에서 잤는데, 그때마다 어머니는 병실 안이 답답하다고 옆에 창문이 있는 통로에 가 의자 위에서 조셨다.

그게 돌아가시기 며칠 전까지의 일이다.

참고로 암 판정을 받으시기 전 나와 함께 병원에서 잔 첫날, 어머니는 너무나 편하게 주무셨고, 처음으로 잘 잤다고 간호사에게 밝게 말씀하셨다.

하지만 그게 나와 함께 코를 골며 병원 침대에서 편안하게 주무신 마지막 밤이 됐다. 그 후로 어머니는 계속 잠을 설치셨고, 많은 고통을 받으셨다.

돌아가시기 전날 아침, 나는 긴급하다는 연락을 받고 회사를 조퇴했다. 이미 어머니께서 심상치 않다는 이야기를 듣고 병원 10층 처치실로 들어가니 어머니는 호흡기에 의지해서 숨을 헐떡이고 계셨다.

우리는 서로 어머니를 향해 울부짖으며 살아나시라고, 힘을 내시라고 했고, 그 덕분인지 잠깐 상태가 좋아졌다.

담당 의사는 우리더러 1인실로 가라고 했다.

그 말인즉슨, 오늘 밤을 넘기기 힘들다는 말이었다.

그래도 나는 약초 차로 상태가 좀 좋아질지도 모른다고 생각해서 다른 병원에 호스피스 병동을 알아보러 갔다.

다른 곳에선 다 자리가 없다고 거절당하고 동국대학교 일산병원에 병실이 빈다고 해서 입원 수속을 밟았다.

하지만 다시 병원으로 돌아가니 어머니의 수치는 조금씩 떨어지고 있었다.

그리고 결국 의사의 예언대로 그날 밤을 넘기지 못하셨다.

우리는 장례 절차를 밟은 후, 집에 돌아왔지만 잠이 오지 않았다.

모든 것이 꿈만 같았고, 거짓말 같았다.

어머니는 우리 곁을 그렇게 떠나셨다.

암 말기여도 이렇게 막바지일 줄은 몰랐다. 어머니는 정말 참고 또 참으시다가 본의도 아니고 쓰러지셔서야 구급차에 실려 병원에 가셨고, 입원한 지 딱 두 달 만에 돌아가셨다.

그 누구도 예상하지 못한, 아니, 의사들은 알았던 것 같다. 그러니까 우리에게 병원을 옮기라 하고 호스피스 병동을 권한 것이리라. 어쨌든 정말 너무나 빨리 가셨다.

장례식 후 집에 돌아오니 오래된 벽걸이 거울이 떨어져 깨져 있었다. 30년도 넘게 집 안에 있던 거울이었다. 또 돌아가시기 며칠 전에는 1992년에 산 전자레인지가 고장이 났다. 신비하게도 집 안의 오래된 물건들이 어머니와 운명을 같이한 것이다. 그리고 어머니가 끌고 다니시던 손수레가 사라졌다. 그리고 그전까지 비어 있었던 홍은동 집도 어머니가 돌아가실 때 즈음에 헐렸다. 이 모든 것들이 우연이라면 우연이겠지만 운명처럼 느껴지는 것도 사실이다.

어쨌든 우리는 황망하게 장례식을 하고, 사람들에게 연락했다.

장례식 이틀째 오후 4시에 입관을 할 때, 어머니의 얼굴엔 화장이 되어 있었다.

특히 입술엔 립스틱을 발랐다.

어머니께서 입원하시고 난 후 나에게 처음 가져오라고 한 것이 립글로스였다.

장례식을 마치고 구로디지털단지에 있는 자취방으로 돌아와서 가방을 열었더니 그때 내가 가져갔던 립글로스가 나왔다.

또다시 눈물이 터져 나왔던 순간이었다.

평소 어머니는 가을이 되면 립글로스를 많이 챙기셨고, 나는 몇 번이나 어머니께 사다 드리곤 했다. 그렇게 사연 많은 립글로스를 내 가방에서 다시 보자 눈물이 쏟아졌다.

입관할 때 어머니는 너무 못 드셔서 얼굴 살이 빠져서 막내 삼촌이나 이모는 다른 사람 같다고 하셨다.

그래도 여전히 덩치는 좋으셔서 입관할 때 덩치 큰 어머니가 다 들어갈 수 있을까 걱정이 됐는데, 빡빡하긴 하지만 들어가시긴 했다.

사흘간의 장례식이 끝나고 마지막 날 발인을 하고 아버지가 계시는 가회동천주교묘지에 어머니를 합장했다.

신기한 것은 아버지 발인일과 어머니 발인일이 하루 차이라는 것이다. 내 기억이 맞다면 아버지 발인일은 7일장을 하느라고 10월 5일에 했고, 어머니의 발인은 10월 4일에 했다. 게다가 어머니 49재는 내 양력 생일인 11월 19일이다.

아버지의 묘소는 언덕 위에 있었는데 태풍 때문에 비가 많이 와서 땅이 젖어 미끄러웠고 경사가 가팔라서 올라가기가 힘들었다.

중간에 하마터면 관을 놓칠 뻔했다. 열 명이 달라붙어서야 거우 아버지가 계신 무덤까지 들고 갈 수 있었다.

그뿐만 아니라 묘지에 도착했을 때 장례지도사분이 가회동천주교 묘지 사무실에 가서 문의를 하는 해프닝이 있었다.

알고 봤더니 아버지가 매장되어 있던 묘소는 천주교묘지가 아니고 그 옆에 있는 개인 사설 묘지였다. 그러니까 두 묘지는 운영 주체가 달랐다. 17년간 추석마다 아버지 산소를 찾아갔던 나도 그 사실을 몰랐다. 그래서 천주교묘지 사무실 사람에게서 장례지도사가 전혀 준비되어 있지 않다는 말을 듣고 깜짝 놀라 나에게 말해서 나는 막 뛰어서 관리소장님을 만나러 갔다. 정말 너무 황당한 상황이었다. 시신을 모시고 갔는데 매장을 못 하는 줄 알고 깜짝 놀랐는데, 사실은 이런 내막이 있었던 것이다.

어쨌든 장례하는 그날조차도 어머니의 험난했던 인생사 같은 일들이 벌어졌다.

그래도 결국 무사히 끝났으니 다행이다. 어머니, 이젠 부디 편히 쉬세요.

삼우제 때 묘비를 새로 세우고 기우뚱하던 묘석도 다시 바로잡았다.

2장

우리 엄마는….

어머니의 성격

우리 어머니의 성격은 진짜 급하고, 깔끔하고, 또 겁이 많으셨다.

나이가 60을 넘으신 다음부터는(정확하지는 않지만) 우리한테 그렇게 말씀하셨다.

"나는 평생을 이렇게 살았으니, 니들이 나한테 맞춰야지, 내가 변할 수 있겠냐?"

그 말씀대로 어머니는 정말 성격대로 살다가 가셨다. 정말 기다리지도 않고 가셨다.

어머니는 성격이 너무 급해서 내가 어디 갔다가 좀 늦으면 항상 재촉 전화를 하셨다.

그런데 그 재촉 전화가 올 때쯤이면 나는 거의 집 앞에 와 있었다.
한두 번도 아니고 거의 매번 겪던 일이다.
어쩌면 둘 사이에 텔레파시가 통했던 건 아닌가 싶다.

또 항상 하시던 말씀이 있다.
"나는 암 걸리면 치료 안 받고, 집에서 그냥 죽을 거야."
100% 이 말씀대로 된 것은 아니지만, 거의 어머니 말씀하신 대로
됐다.

그러다 보니 암 판정도 매우 늦게 받았고, 판정받고 두 달도 안 되
어서 돌아가셨으니까.
다만 집은 아니고 병원에서 돌아가셨지만, 그게 대수랴. 암 증상
이 나타났을 땐 본인이 암인 것 같다고도 말씀하셨지만, 진짜 그렇
게 생각하신 건 아닌 듯하다. 그러면 어쨌든 종합 검진을 받으셨을
테니까.

어머니는 항상 모든 비용을 아끼셨고, 자신을 위해 전혀 안 쓰셨
지만, 쓸 때는 확실하게 쓰셨다.
내가 술집을 운영할 때 돈 1,000만 원을 꿔주신 거며, 그 후에도
여러 번 큰돈을 쓰셨다.

다만 안타까운 게 작년에 구산동 집이 팔리지도 않았는데, 다른 집에 먼저 계약금을 걸었던 것이다.

2018년 가을에 어머니가 맘에 든 집이 있어서 그날 바로 계약금 1,000만 원을 걸고 계약을 하셨다. 그런데 며칠 후 문재인 정부에서 부동산 대책을 내놓으면서 거래 자체가 확 줄어버렸다. 결국 약속한 날짜인 12월 31일이 지나서 계약금 1,000만 원을 날려야 했다. 날린 계약금 1,000만 원은 전혀 아깝지 않으나 그 일로 어머니가 겪으셨을 마음고생이 죄송하다.

그렇게 악착같이 돈 아껴서 모으시지 말고, 자식들이야 굶어 죽든, 말든 우선 자기 몸부터 챙기시고, 옷도 사 입으시고, 드시고 싶은 것도 드셨으면….

어차피 부질없다는 걸 안다.

다만 안타까울 뿐이다. 내가 아무리 즐기며 사시라고 말을 해도 어머니는 듣지 않으셨다. 그렇게 악착같이 모은 돈이 이번 병원비와 장례비로 다 나갔다. 원래는 이빨 하시려고 모은 돈인데, 그렇게 쓰였다. 본인의 성격대로 깔끔하게 마무리하고 가셨다.

어머니는 전기도 정말 아끼셨다.

전기 제품 코드가 플러그에 꽂혀 있는 걸 두고 보지 않으셨다. 또 한여름에는 에어컨 안 켜고 살 때가 훨씬 많았다. 그나마 구산동에 이사 오고 나서야 벽걸이 에어컨을 많이 썼지, 그 이전에는 여름에 한두 번 켜고 지날 때도 많았다. 전기세를 얼마나 아껴 쓰셨냐면 서울시에서 2년 전보다 전기요금을 10% 이상 절감하면 에코 마일리지라고 해서 포인트를 주는데, 그걸 돈으로 환산하면 1년에 20만 원쯤 된다. 어머니가 역촌동에 다시 오셨을 때 이전에 세 들어 살던 가정에 비해 당연히 아껴 써서 절반 이상 절감됐고, 그래서 2년간 40만 원어치 전통 시장 상품권을 받아서 썼다. 구산동에 이사 와서도 똑같이 2년간 40만 원어치를 받았다. 그렇게 일상생활에서 절약하는 것이 몸에 밴 분이었다. 내가 목욕탕을 가면 최소 2시간은 때를 밀고 와야 돈값을 하고 왔다고 말씀하셨고, 겨울철엔 가스비가 아까워서 두꺼운 이불을 두 겹씩 덮고 자라며 주시던 분이었다.

어머니는 자주 전라도 사투리를 쓰셨다. 전라도 사투리 특유의 단어들이 많았는데, 어머니가 돌아가신 후론 그 수많은 단어들이 안 떠오른다. 안타깝다.

어머니는 깔끔함도 진짜 대단했다. 어머니는 바닥에 떨어진 머리카락 한 가닥도 치워야 직성이 풀리는 분이었다.
오죽하면 입원하시고선 병실 바닥에 떨어진 머리카락조차도 주워

우리 엄마, 김주신 씨

서 버리라고 하실 정도였으니까.

남들이 자기 기준에 못 맞추면 매우 답답해하고 두고 보지 못하셨다. 일이 안 되면 본인의 불편한 몸을 움직여서라도 치우고 일을 끝내야 직성이 풀리는 분이었다. 허리가 더 나빠진 것은 그런 영향도 있었다. 수술 끝나고 조심하셔야 하는데 집안일을 두고 보질 못하시니까 몸이 회복되기도 전에 움직이셨고 그래서 수술하고 나면 더 나빠지셨다.

그리고 겁이 매우 많으신 편이었다. 홍은동 집에서 할머니가 돌아가시고 난 후에는 무서워서 2층으로 올라가신 것이나 시골에 내려가서도 외갓집에선 못 주무신 것을 보면 알 수 있다. 그런 거 말고도 무슨 일을 하든지 걱정하시고 겁을 내셨다. 시대가 어느 때인데 정부를 비판하는 말을 하면 잡혀갈 수 있다고 말조심하라고도 하셨다. 그런데 나에 대한 어머니 말이 맞을 때도 있고, 틀릴 때도 있었지만 대체로 맞았다. 다만 이번에 내가 직장을 옮길 때도 어머니는 많이 반대하셨는데, 나는 잘 옮겼다고 생각한다. 어쨌든 내가 더 잘할 수 있는 일을 찾아서 왔으니까.

겁이 많은 것에 반해서 어머니는 손이 엄청나게 크셨다. 음식을 만들면 꼭 한 솥을 하셔서 거의 일주일 동안 먹는 일이 많았다. 짜장,

카레, 육개장 등의 음식을 하면 지겹도록 그 음식만 먹어야 했다.

그리고 항상 베푸는 걸 좋아하셨고, 만약 누군가에게 신세를 지면 꼭 갚으려고 하셨다. 반대로 그만큼 신세 지는 걸 싫어하셨고, 폐 끼치는 걸 싫어하셨다. 그래서 누구한테 뭐 하나라도 도움을 받으면 꼭 고마움을 표하셨다. 내가 자주 그런 말하는 걸 깜빡하면 항상 나무라셨다.

사실 어머니는 필요 이상으로 남의 시선에 신경 쓰시는 분이었다. 나의 복장이나 외모, 청결도 등을 계속 신경 쓰신 건 그런 이유였다. 내가 나가려고 하면 머리 감고 면도하고 나가라고 하셨다. 그리고 무슨 일이 있어도 담배는 피우지 말라고 하셨다.

어머니가 돌아가셨어도 그 말씀을 지켜야겠다. 특히나 술 많이 마시지 말라고 하신 말씀을 이제는 지키려고 노력하려 한다.

우리 엄마, 김주신 씨

어머니가 좋아하시던 것

어머니는 좋아하시는 게 많았다. 물론 싫어하시는 것도 많았지만.
우선은 먹는 걸 좋아하셨다. 좋아하시는 음식이 참 많았다.

우선 제일 좋아하시는 음식은 간장게장이었다.

365일 내내 간장게장만 드시라고 해도 드셨을 정도로 간장게장을
좋아하셨다. 그런데 내가 가게에서 파는 게를 사 가려고 하면 비싼
돈 주고 사지 말라고 하셨다. 돌아가시기 전에 실컷 드시기나 하지,
왜 그렇게 아끼셨는지. 간장게장 말고 양념게장도 참 좋아하셨다.

게장 말고 좋아하는 음식은 그 외의 해산물이었다. 회, 초밥, 아귀
찜 등 안 좋아하시는 음식이 없었다.

그래서 우리는 가족끼리 식사하러 나갈 때면 스시 뷔페나 해물 뷔

폐를 많이 갔다. 가장 최근의 가족 식사가 올해 5월 어버이날 때 연신내에 있는 회전 초밥집에 가서 먹은 것이었는데, 그때 어머니는 거기까지 두 시간 이상 걸려 걸어갔다 걸어오셨다. 그때 걸어가실 때 많이 힘들어하셨는데, 아마도 어머니의 인생에서 마지막으로 많이 걸은 날이었을 것이다.

어머니는 해산물뿐만 아니라 고기도 좋아하셨다.

돼지고기, 소고기, 닭고기뿐만 아니라 염소 고기, 오리고기도 좋아하셨고, 보양식으로 개고기도 잘 드셨다. 그래서 시골에서 막냇삼촌이 고기와 생선을 보내주시면 너무나 좋아하셨고, 또 택배가 잘 오는지 계속 신경 쓰셨다.

닭고기도 좋아하셨는데, 마트에서 파는 일반 닭 말고 살아있던 닭을 잡은 토종닭을 좋아하셔서 나더러 사 오라고 자주 시키시곤 했다. 그런 닭은 일반 닭보다 많이 비쌌지만 비싼 게 값을 한다는 게 어머니의 지론이었다. 물론 그런 닭 말고 길거리에서 1만 원에 3마리씩 파는 누룽지 바비큐 닭도 좋아하셨다. 또 길거리에서 파는 다코야키도 사다 드리면 몇 개씩 드셨고, 길거리에서 파는 만두뿐만 아니라 마트에서 파는 봉지 만두를 사다가 떡국 끓여 먹는 것도 좋아하셨다. 떡도 참 좋아하셨는데, 그중 인절미와 절편도 좋아하셨지만, 잔칫날이나 이사 올 때 돌리는 시루떡을 참 좋아하셨다.

그런데 사실 예전에 어머니는 밥을 물에 말고, 매운 고추를 된장에 찍어서 그거만 드실 정도로 고추를 좋아하기도 하셨다. 그래서 내가 반찬 투정을 하면 항상 그 말씀을 하셨다. 그러니까 음식이 있으면 있는 대로 드셨고 없으면 없는 대로 드셨다. 돌아가시기 전 몇 해 전부터는 고추를 안 드셨지만.

그 외에 어머니가 좋아하시던 음식으로는 팥죽을 꼽을 수 있다.
어머니께서 팥죽을 끓여 먹거나 사다 먹을 정도로 좋아하셨는데, 어머니 외에는 집에 좋아하는 식구가 없어서 많이 해도 다 남기는 경우가 종종 있었다. 또 그에 못지않게 단호박죽도 좋아하셨다.

그래도 생활 속에서 즐겨 드시는 건 싼 음식이었다. 역촌동 살던 시절에 김밥 한 줄을 1,000원에 팔았었는데 그 김밥을 자주 사다 드셨다. 구산동에 와서는 집 건너편에 있는 김밥집에서 김밥과 주먹밥을 가끔 사 오라고 시키셨다.

그리고 과일도 좋아하셨는데, 사과, 배, 참외, 포도 등 여러 과일을 가리지 않고 드셨다. 그중에서 특히 무화과를 좋아하셨다. 돌아가시기 일주일 전에 복수를 빼고 입맛이 잠깐 돌아왔을 때 드시고 싶은 거 사다 드린다고 하니까 무화과를 사다 달라 하셨다. 재작년에는 편의점에서 코코넛을 싸게 팔길래 몇십 개 사다 먹은 일도 있었다. 어머니는 코코넛 워터도 워터지만, 그 안의 과육을 벗겨 먹는 걸 좋아하셨다. 구산동 옥상엔 포도나무가 있어서 어머니는 잔뜩 비료를 주고 그해 여름 내내 포도를 드시기도 했다. 비록 주민들 사이에서 약간의 말썽이 있어서 그 이후엔 안 드셨지만.

또 커피 믹스를 많이 좋아하셔서 하루에 꼭 한 잔은 타 드셨는데, 암이 발병한 후론 거의 드시지 않았다.

돌아가시기 전에 어머니는 생활비를 아껴서 천만 원을 모으셨는데, 그걸로 치과 치료를 할 수 있게 됐다고 좋아하셨다. 그 돈은 고스란히 입원 이후 병원 비용과 장례 비용으로 쓰였지만, 얼마나 먹는 걸 좋아하시는지 알 수 있는 대목이기도 했다.

어머니께선 누나에게 나는 먹는 걸 좋아하기 때문에 치과 치료를 반드시 해야 한다고 말씀하셨다고 한다. 하지만 정작 암에 걸리셔서 드시고 싶은 걸 전혀 못 드셨으니 너무나 애통한 일이다.

얼마나 먹는 걸 좋아하셨으면 돌아가시기 전에 퇴원해서 추석 연휴를 보내시기 전에는 나에게 홈쇼핑에서 파는 LA 갈비와 김순자 김치를 주문하라고 계속 재촉하셨을 정도다. 정작 어머니는 그 LA 갈비를 거의 못 드셨지만. 부디 가신 곳에서 실컷 드시기를.

이런 음식 말고 어머니는 더운 걸 싫어하셨기 때문에 시원한 날을 좋아하셨고, 또 비 오는 날을 좋아하셨다. 항상 비가 와서 시원해지기를 바라셨다.

그러다 보니 당연히 아이스크림을 좋아하셨다. 물론 비싼 아이스크림이 아니고 반값 할인하는 하드를 수십 개 사놓았다가 더울 때마다 하나씩 드셨다. 돌아가시기 전까지. 그 수많은 아이스크림 중에서 어머니가 제일 좋아하는 아이스크림은 누가바였다. 아이스크림을 사러 갈 때마다 항상 누가바를 꼭 사 오라고 하셨다. 그리고 또 나와 어머니는 더위 사냥을 하나 사서 나눠 먹곤 했다.

그리고 본인과 본관이 같은 광산 김씨를 매우 좋아하셨다. 어쩌다 TV 프로그램에 광산 김씨가 나오면 엄청나게 반기셨고, 계속 저 사람이 광산 김씨라고 말씀하셨다. 밖에서 광산 김씨를 만나도 반가위하신 건 마찬가지였다.

또한, 어머니가 좋아하는 TV 프로그램은 항상 똑같았다.
TV 채널이 KBS만 있어도 만족하셨을 정도로 KBS에서 하는 프로만 보셨다.
매일 저녁 8시 반에 하는 KBS 일일 연속극과 주말 저녁에 하는 주말 드라마를 거의 빼놓지 않고 보셨고, 월요일 밤에 하는 〈가요 무대〉도 즐겨 보셨다. 그 외의 방송으로는 EBS에서 하는 〈고부 열전〉, MBN에서 하는 〈나는 자연인이다〉를 즐겨 보셨고, 시사 프로도 즐겨 보셨다. 그래서 반민주당적인 발언을 하는 패널들을 맨날 욕하셨다. 그리고 또 어머니가 즐겨 보시던 프로 중 하나가 〈1박 2일〉이었다. 비록 돌아가시기 전에 불미스러운 일로 잠정 폐지됐지만, 폐지되기 전까지 어머니는 〈1박 2일〉을 빼놓지 않고 보셨고, 이후 나영석 PD가 tvN으로 가서 만든 프로들도 가끔 보셨다.

그리고 음식점을 소개하는 프로그램이나 여행 프로그램을 보시면 거기 가고 싶어 하시거나 먹고 싶어 하시는 적도 많았다. 하지만 막상 가려고 하면 비싸다느니, 맛없다느니 하면서 잘 안 가려고 하셨다. 그것은 음식도 마찬가지였다. 내가 무언가 사려고 하면 처음엔 사 오라고 하셨다가 좀 이따 전화해서 비싸니까 사 오지 말라고 하셨다. 항상 그렇게 아끼셨고, 자신이 하고 싶은 걸 하지 않으셨다.

그런데 또 기묘한 일이 하나 있었다.

어머니께서 즐겨 보시던 드라마 중에 〈세상에서 제일 예쁜 내 딸〉이란 KBS 주말 드라마가 있었는데 극 중의 김해숙은 세 딸의 어머니로 나온다. 그런데 종영을 앞두고 갑자기 암 선고를 받고 죽는다. 그게 어머니가 돌아가시기 10일 전의 일이다.

다행히도 어머니는 편찮으셔서 김해숙이 죽는 장면은 못 보셨지만, 두 사람의 상황이 기묘하게 닮았다.

다른 것은 김해숙의 막내딸이 자기 어머니와 세 딸에 대한 책을 썼는데, 우리 집은 막내이자 아들인 내가 쓰고 있다는 게 다를 뿐이다.

어쨌든 이것도 참 신비한 일이었다.

어머니는 노래도 많이 좋아하셔서 한때 복음성가를 참 많이 들으셨는데, 어느 순간부터 거의 듣지 않으셨다. 옛날 가요도 좋아하셔서 테이프로 녹음해 놓고 들으실 정도였지만, 이 역시 어느 순간부터 안 들으셨다. 가끔 옛날 노래를 흥얼거리시긴 했는데, 그 곡조가 구슬퍼서 어린 마음에도 가슴이 아팠다.

어머니는 화초 키우는 것도 좋아하셨다. 어디를 가든 화분 몇 개에 화초 몇 개는 꼭 키우셨다. 하지만 이번에 암 판정을 받고 퇴원하셨다가 다시 입원하셨을 때는 화초를 우리가 아무도 돌보지 않는다며 다른 분에게 줘버리려고도 하셨다. 지금 생각하면 참 속상한 일이다.

윤연임 권사님과 벚꽃 구경을 하러 가셨을 때. 윤 권사님은 작년 11월에 먼저 돌아가셨다.

어머니의 대외 활동은 교회가 거의 다였다.
교회 분들과 함께 처음이자 마지막으로 비행기를 타고
제주도를 다녀오셨다.

어머니가 싫어하시던 것

어머니가 싫어하시던 것은 어머니가 좋아하시던 것과 정반대라고 보면 된다.

어머니는 정돈되어 있지 않은 것, 지저분한 것을 싫어하셨다.

또, 덥고 뜨거운 날씨를 싫어하셨다. 그래도 에어컨 바람보다 자연의 바람을 좋아하셨다.

비싸고 맛없는 음식을 싫어하셨고, 게으르고 오늘 일을 내일로 미루는 사람을 싫어하셨다.

낮잠 자는 걸 싫어하셨고, TV 소리나 음악 볼륨이 큰 걸 싫어하셨다.

싸구려를 싫어하셨지만, 바가지 쓰는 것도 당연히 싫어하셨다.

정치적인 성향으로 전라도 출신인 어머니는 지역감정을 부추기는 민정당 계열 정당을 싫어하셨고, 그와 비슷하게 일본도 싫어하셨다.

그래서 과격한 발언이지만 일본에 지진이라도 나서 싹 쓸어버렸으면 좋겠다는 말씀을 볼 때마다 하셨다.

그만큼 정의감이 강한 분이었다.

물론 그 말에 동의하는 건 아니다.

어쨌든 무고한 희생자는 나오니까.

그런 상황까지 이르기 전에 우리 어머니께서 그런 생각을 하신 이유를 돌아봐야 하지만.

어쨌든 우리는 계속 과거를 돌아보고 잊지 말아야 한다.

나와 어머니

40년 넘게 이어진 나와 어머니의 관계를 무어라 말해야 할까?

어쨌든 단순한 모자 관계 이상이긴 했다. 질긴 애증 관계라고나 할까? 어렸을 적에 나는 어머니께 반말을 했고, 그래서 어머니께 "내가 네 친구냐?"라는 말을 많이 들었다. 그래서 나이를 먹은 후엔 계속 존댓말을 썼다.

나는 누구보다도 어머니의 잔소리를 싫어했지만, 또 그 잔소리가 사라지니 너무나 슬프고 외롭다. 돌아가시기 전에도 언젠가 어머니가 돌아가시고 이 잔소리를 그리워할 날이 올 것이라고 종종 생각했지만 이렇게 빨리 올 줄은 몰랐다. 내가 집에서 낮잠을 잘 때면 어머니는 항상 "혁신아~! 지금 자면 이따 잠 못 자~. 자지 마야."라고 말씀하셨다. 그 말씀이 그립다.

재작년부터 여름철엔 어머니 방에서 같이 잤는데, 잘 때마다 우리는 서로 코를 골고 또 방귀도 많이 뀌었다. 내가 방귀를 뀔 때마다 어머니는 소리가 크고 많이 뀐다고 하셨고, 어머니가 뀌시면 냄새가 심하다고 내가 뭐라고 했다. 그러면 어머니는 "헤헤헤." 하고 웃으시곤 했다.

어머니와 나는 음력 생일로 5일 차이여서 다른 사람의 생일은 다 잊어도 어머니 생일만은 잊을 수가 없다.

그리고 49재 날이 하필이면 내 양력 생일(11월 19일)이다. 진짜 우리의 인연은 장난 아니다.

어머니는 평생토록 나에 대해 진짜 많은 지적을 하셨다.

그냥 기억나는 것만 꼽아보면 다음과 같다.

"너는 사내자식이 왜 이렇게 박력이 없냐? 그러니 여자가 따르겠냐?"

"너는 사내자식이 왜 그렇게 결단력이 없냐? 술 끊는다고 해놓고선 일주일도 못 가. 그러니 어느 여자가 널 좋다고 하겠냐?"

"그렇게 싸구려 옷만 사 입지 말고 한 벌을 사더라도 제대로 사 입어라."

"너는 맨날 큰소리만 치고 아무것도 없어."

우리 엄마, 김주신 씨

"쩝쩝거리면서 밥 좀 먹지 마."

"기침 좀 시원하게 해라. 헛기침하는 거 듣기 싫다."

"문지방 밟고 좀 다니지 마라. 복 달아난다."

"윗도리 좀 바지 속에 넣어 입고 다녀라."

뭐 대충 이런 말들이었다.

40년 넘게 같이 살면서 나의 생활 전반엔 어머니의 잔소리가 끼어
있었다.

특히나 술 마시고 늦게까지 안 들어오는 날엔 어머니의 전화가 계
속 이어졌다. 내가 집에 들어올 때까지.

어머니는 택시 타는 것을, 특히나 12시가 넘어서 할증 붙은 택시
타는 것을 정말 싫어하셨다.

그래서 나는 반드시 12시 전에 들어와야 했다.

그게 말이 쉽지, 술 마시다 보면 12시는 물론이고, 새벽 1시, 2시
도 넘기곤 했다.

그러면 어머니는 그때까지 안 주무시고 나를 기다리셨다.

이전에 몇 번 사고 쳐서 경찰서에 갔던 적도 있고 해서, 어머니는
정말 나를 걱정하셨다.

물론 그 사고가 대단한 것은 아니고 불법 아르바이트를 하다가 파
출소로 끌려가 즉결 심판을 받은 것과 술 마시고 길거리에 쓰러져

있다가 순찰차를 타고 경찰서로 실려 간 것 정도다. 그때는 아버지께서 살아계실 때라 나를 꺼내러 와주셨다.

반대로 나는 어머니가 회사를 관두거나 옮기려고 할 때마다 어머니가 말리시면 "사회생활 한 번 해보지 않은 어머니가 뭘 아시냐고."라며 목소리를 높이곤 했다. 그게 매우 버릇없는 말인 건 알지만, 그때는 내 힘든 사회생활을 이해해 주지 못하는 어머니가 답답하고 야속했다. 반대로 자식 하나 낳아 보지 않고, 결혼 한 번 안 해본 내가 어머니의 삶에 대해 뭐라 말하는 것도 말이 안 되는 일이다. 그저 난 어머니께 죄송하고 감사할 뿐이다. 그래도 나를 한 번도 집에서 쫓아낸 적은 없으니까.

그리고 어머니는 내가 집에서 술 마신 걸 귀신같이 알아채셨다.
돌아가시기 1년 전에는 많이 약해지셨지만, 2년 전까지만 해도 내가 집에서 술을 마셨는지, 안 마셨는지를 족집게처럼 맞추셨다.
그래서 내가 '명탐정 김주신 씨'라고 감탄했을 정도였다.
아무리 숨기려 해도 어머니는 다 아셨으니까…. 화장실에 자주 가고, 기침 많이 하면 술 마신 거라고 어머니는 바로 맞추셨다.
잠귀가 밝으셔서 내가 새벽에 바깥에서 술 사 오는 것을 당연히 아셨을 뿐만 아니라, 다음 날에 내가 전날 술 마신지, 아닌지도 아실 수 있는 정도였다.

그런데 돌아가시기 1년 전부터 많이 모르셨다.

그래서 죄송하다.

그때 이미 어머니는 사라지시는 중이었다.

나만큼 본인의 몸을 아셨으면 어땠을까? 나만큼 본인의 몸을 챙겼으면 어땠을까?

모든 것이 부질없다는 걸 안다.

그래도 회한과 후회는 끝이 없다.

어쨌든 아무리 누가 뭐라고 그래도 내가 살아가는 데 가장 큰 버팀목은 어머니였고, 어머니를 즐겁게 하기 위해서 돈을 벌었다고 생각한다.

그런데 그 버팀목이 사라졌으니 무얼 위해 살아야 할지….

하지만 어떤 면에서 이젠 내가 진정으로 독립을 하는 시기가 온 것 같다.

어머니의 품을 떠나서 내 뜻을 펼치고, 하고 싶은 일을 하며 사는 시기가.

그래서 어머니가 이렇게 쉽게 떠나시지 않았나 하는 생각도 든다.

이젠 더 이상 나를 돌보지 않아도, 내 걱정을 하지 않아도 내가 잘살 수 있을 거란 생각을 하서서. 더 이상 고통받지 않고, 아프지 않고, 걱정하지 않고 저세상에서 편히 사시려고.

하나뿐인 나의 조카 예은이도 장례식이 끝나는 주말에 독립했다. 이젠 손녀까지 다 컸다.

내가 진짜 독립하기 정확히 10년 전, 처음으로 독립하고 싶었던 때가 있었다.

당시 나는 A형 간염에 걸려서 병원에 2주 정도 입원해 있다가 퇴원했다.

입원해 있던 병원은 아버지가 돌아가신 후 장례식을 치른 은평 청구성심병원이었다. 그런데 밤마다 잠을 못 자서 좀비처럼 방황했다.

그리고 퇴원 후에도 비슷한 증상이 계속됐다. 잠을 제대로 못 자고 배회했다.

어머니께서 하도 뭐라 하셔서 나는 집을 나와서 영화를 본 후 친구한테 전화를 해서 막 울었다.

그리고 찜질방으로 가출 아닌 가출을 했는데, 그날 김대중 전 대통령이 돌아가셨다.

그래서 나는 집으로 돌아가 어머니에게 김대중 전 대통령의 서거 사실을 알리며 울었다.

그렇게 나의 첫 번째 가출 소동은 끝났다.

그때가 2009년 8월 18일이었다. 그리고 그로부터 딱 10년이 지나 나는 어머니로부터 독립했고, 그로부터 5일 후 어머니는 쓰러지셨으며, 정확히 두 달 후에 돌아가셨다.

지나고 보니 이 모든 게 운명 같다.

어머니와 나의 이야기를 하면 정치 이야기를 빼놓을 수 없다.

어머니와 나는 1987년 이후로 항상 지지하는 정당이 똑같았다.

대선 후보를 항상 같은 사람으로 찍었고, 국회의원 후보도 같은 사람을 찍었다.

후보가 많은 지방선거는 좀 다르기도 했지만….

그래서 우리는 항상 정치 이야기를 많이 했고, 나라의 미래를 걱정했다.

물론 1980~1990년대에는 어머니도 돈을 받고 선거 운동을 하시기도 했다.

어쨌든 어머니와 나는 정치적 동지였다.

어머니의 영향으로 어렸을 때부터 정치에 관심을 많이 가졌던 나는 1987년 대선 때 김영삼 후보가 내가 다니던 초등학교에 유세 오는 걸 구경하기도 했고, 그 후로 김대중, 노무현 대통령의 유세뿐만 아니라 동네 국회의원 및 지방의회 선거 자봉(자원봉사)을 뛰기도 했다.

어쨌든 어머니가 지지하던 대통령 치하의 세상에서 소천하신 건 다행이라고 생각한다.

이제는 진짜 어머니를 보내드릴 시간이다. 우리 집 막내인 나도 불혹을 훌쩍 넘은 만 42세. 한 달 더 지나면 43세. 두 달 후면 한국 나이로 45세. 정말 많은 나이다.

물론 어머니가 보시기엔 우린 여전히 어리숙하고, 모자란 존재지만.
그래서 우리도 어머니가 더 오래 사시길 바랐지만.
인명은 재천이며, 수명은 운명이다. 그저 그 아픈 몸을 이끌고 여기까지 살아주신 것만으로도 감사할 따름이다.

그동안 어머니는 아버지가 돌아가신 후 내 보험비를 두 개나 내주셨다. 하나는 15년 만기였고, 다른 하나는 20년 만기였다. 그러니까 월 5만 원씩 15년간 내 보험금을 내주신 거다. 또 어머니가 장애인 판정을 받으신 것으로 복지 할인을 받을 수 있어서 어머니 명의로 핸드폰을 썼다. 하지만 어머니가 돌아가신 후에는 제일 먼저 휴대폰 명의를 바꿔야 했고, 내 명의로 되어 있던 어머니의 핸드폰은 셋째 누나가 쓰기로 했다. 나의 운전면허증은 어머니가 보관하셨고, 인감도장도 어머니가 가지고 계셨다. 하필이면 그걸 깊숙이 숨기시는 바람에 돌아가시고

우리 엄마, 김주신 씨

난 다음에 찾지 못해서 새로 만들고 말았다. 그 사실만으로도 내가 어머니를 얼마나 의지해 왔는지 알 수 있다. 부끄럽지만 어머니가 아니었으면 나는 지금까지 살아 있지 못했을지도 모른다. 그렇기에 내가 지금 이 글을 쓰고 있는 것이리라.

어머니 이젠 정말 편히 쉬세요.
아픔도, 걱정도 없는 곳에서….

손녀의 편지

어머니의 73번째 생일날, 나에겐 조카이자 어머니의 하나뿐인 손녀 예은이가 할머니께 보내는 편지를 나에게 보내줬다.

이 편지가 마지막 글이 될 듯하다.

할머니. 얼마 전에 제 꿈에 나오셨죠?

꿈에서는 너무나도 쉽게 꼬옥 안아드렸는데, 현실에서는 뭐가 그리 어려웠는지 제대로 안아드린 기억이 많이는 없어서 속상하네요.

하지만 몇 안 되는 기억 속에 영원히 식지 않을 것 같던 따듯한 온도와 할머니 특유의 정겨운 냄새가 살아있어서 아직도 생생해요.

병중에 계실 때 이모에게 저의 안부를 물으시며 보고 싶다고 말씀하셨다면서요?

'왜 제게 전화를 안 하셨을까?'라는 의문이 남아요. 아마도 행여 바쁜 손녀에게 방해될까 봐 참으셨겠죠,

후회라는 거 소용없는 거 잘 아니까 지우려 해도 남는 건 어쩔 수 없나 봐요.

더 뵐 수 있을 때 뵈었으면 좋았을 텐데, 할머니가 좋아하시던 망고도 잔뜩 사드리고, 좋아하실 만한 깜짝 선물도 해 드렸으면 좋았을 텐데.

자꾸 남네요.

보고 싶어요, 할머니. 정말 보고 싶지만, 할머니 생각 안 날 정도로 약속드린 거 나름대로 열심히 노력하고 있어요.

(아직은 시간이 많이 필요할 거 같지만요)

그래도 포기하지 않고 계속 걸어갈 생각이니 기다려주세요!

사랑해요. 천국에서 뵈어요.

- 씩씩하고 당찬 손녀가

닫는 글

어머니와 나의 이야기를 하자면 끝이 없겠지만,
아마도 내가 죽을 때까지 이야기는 끝나지 않겠지만,
이만해야겠다. 나머지 이야기는 내가 써가야겠다.
어머니가 돌아가셨을 때 나는 이 노래가 떠올랐다.

엄마

-작사 성환, 노래 인순이

사랑만을 처음으로 내게 준 사람

눈감아도 나만 걱정해준 한 사람

바보라서 항상 곁에 있을 것 같아

그 가슴이 찢어진 걸 몰랐죠

소리 내어 미안하다 울었습니다

사랑한다 말도 못한 나였습니다

바보라서 다른 날이 많을 것 같아

사랑한다 말을 미룬 나라서

엄마 나를 너무 사랑한 사람

엄마 내가 해준 게 없는 사람

그 사랑 안에서

너무 행복한 걸 몰라서

나만 알고 나만 사랑했던 날

용서해요

가누지 못한 날 안고 살아온 사람

모든 걸 다 내게 주고 싶어 한 사람

우리 엄마, 김주신 씨

바보라서 항상 곁에 있을 것 같아

사랑한다 말을 못한 나라서

엄마 나를 너무 사랑한 사람

엄마 내가 해준 게 없는 사람

그 사랑 안에서

너무 행복한 걸 몰라서

나만 알고 나만 사랑했던 날

용서해요

내가 너무 아파서

하늘 엄말 부른다

대답조차 들을 수 없는데

보고 싶어 또 불러본다

눈물이 날 안고 운다 운다

엄마 엄마

엄마 내가 너무 사랑한 사람

엄마 내가 해준 게 없는 사람

그 사랑 안에서

너무 행복한 걸 몰라서

나만 알고 나만 사랑했던 날

용서해요

마지막으로, 나는 이 노래를 어머니께 들려드리고 싶다.

우리 엄마, 김주신 씨

어머니께

- 작사 이승환, 노래 이승환

어머니 난 어쩌죠
너무 힘이 들어요
당신께서 가신 후
내 주윈 변해만 갔죠
믿을 수 없이 많이요
내 어머니 당신께
죄송스런 맘뿐이지만
아직도 난 당신께
투정만 부리고 있는군요

어머니 날 아시죠
외롭고 약한 나를
세상 물정 모른다 하시며
걱정하셨죠
하지만 이제 아니죠
내 어머니 당신께
약속드릴 게 있어요
이제부턴 당신의
강한 아들이 될 수 있다고

26년 전에 들었던 이 노래가 현실이 될 줄은 몰랐다.
하지만 이젠 어머니께 약속드려야겠다.
난 어머니 김주신 씨의 강한 아들이 될 수 있다고.
그리고 나만의 이야기를 써 가겠다고.